の女

夜逃げ若殿 捕物噺14

聖 龍人

時代小説
二見時代小説文庫

目次

大泥棒の女——夜逃げ若殿 捕物噺14

第一話　大泥棒の女

一

野草の伸びは早い。

春草が生《は》えたと思ったら、すぐに夏の濃い色に変わる。若い男や娘たちが成長するのに似ている。

山之宿《やまのしゅく》に住まいのある御用聞き弥市《やいち》は、大川端《おおかわばた》をそんなことを考えながら歩いていた。

さらに、弥市はこれから尋ねようとしている侍の顔を思い出した。

侍は名を千太郎《せんたろう》といい、姓は千、名は太郎、などと惚《とぼ》けた顔をしながら、人を喰ったような科白《せりふ》を吐く。

色白でなで肩、見た目はどちらかというと、優男《やさおとこ》の部類だ。だが、そんな風貌とは異なり、剣術は免許皆伝《めんきよかいでん》なのだろう、弥市から見ても強い。

いままで戦って負けたところを見たことがない。もっとも、弥市には千太郎が何流を使うのか、そこまでは知らない。

普段は上野山下《うえのやました》にある、片岡屋《かたおかや》という刀剣書画骨董などを売る店の離れで、居候《いそうろう》を楽しんでいる。といっても、ただの居候ではない。目利《めき》きとしての力も発揮しているのである。

店主の治右衛門《はるえもん》はその目利きの力に惚《ほ》れて、宿なしだという千太郎を預かることになったのであった。

じつは……。

千太郎という侍の正体を弥市は知らないが、下総《しもうさ》三万五千石、稲月家《いなづきけ》の若殿なのである。

その千太郎に縁談が持ち上がった。相手が御三卿《ごさんきよう》田安家《たやすけ》ゆかりの姫。男勝りの姫と知られる由布姫《ゆうひめ》である。

千太郎は、そんな姫と祝言《しゆうげん》を挙げたら、気ままな生活が奪われるとばかりに、屋敷を抜け出した。

家老の佐原源兵衛《さはらげんべえ》は、慌てて息子の市之丞《いちのじょう》を目付けとして送り込んだのだが、その市之丞も江戸の町が気に入ってしまったのである。もっとも、いまは国許《くにもと》で活躍しているので、江戸にはいない。

そんなときに、弥市は探索の途中で千太郎と知り合い、その人を喰った探索の方法に目を丸くしながらも、

——これは、助かる。

とばかりに、殺しやら、押込《おしこ》みなどが起きたときには、片岡屋の離れに足を運ぶことになっている。

さらに……。

由布姫は縁談が持ち上がる前から、お供のお志津《しづ》と一緒に飯田町《いいだまち》の屋敷を抜け出しては、芝居見物、春は花見に秋は虫聴きなど、江戸の町を謳歌《おうか》していたのだった。

江戸では不思議なことがよく起きる。

千太郎が弥市と一緒に探索に勤《いそ》しんでいるとき、なんと由布姫と出会ってしまったのである。

顔を見たことのないふたりである。最初は、お互い身分を隠したままだったが、そのうち、相手の正体に気がついた。

やがてお互い憎からず、心を寄せ合うようになったのである。

もちろん弥市は知らない。周りでは千太郎のことを、ご大身《たいしん》の道楽息子なのだろう、と見ているだけである。

それにしては、ときどきとんでもない金を使ったり、とんでもない力を発揮することがある。

ただのご大身にも思えなくなっているのだが、それを追及する気はない。

弥市としては、自分の手柄《てがら》になればそれでいいのである。

端午《たんご》の節句《せっく》もそろそろ近い。

日本橋《にほんばし》、十軒店《じっけんだな》にある人形店では、子どもを伴って、兜《かぶと》や戦国武将に倣《なら》った人形などが並んでいることだろう。

独身の弥市には、そのような世間とはまるで関わりはないが、江戸の町がうきうきしているときには、思いもよらぬ揉め事やら、諍《いさか》いが起きるものだ。

だから、弥市は気を許さずに上野広小路《ひろこうじ》界隈《かいわい》を歩いて、山下の町に入ろうとしていた。

そこに、後ろからばたばたと人の走る足音が聞こえて、弥市は振り向いた。

若い女が荒い息をしながら、弥市の前で膝をつこうとしていた。

「山之宿の親分さんですね」

「お前さんは？」

「……ちょっとあちら へ」

女は、顔を動かして寛永寺《かんえいじ》方向へ目を向けた。

「面倒な話があるのかい」

「早くここから……」

顔をきょろきょろさせているのは、誰かに追われているのだろうか。

逃げたいのだ、といいたいらしい。

「じゃ、ちょっとそこまで行こうか」

弥市が、先に歩きだした。

女は弥市の横について、そっと袂《たもと》を握る。弥市はどこからみても十手《じって》持ちだ。それに、この界隈では顔が売れている。女にそんなことをされたら迷惑なのだが黙って袂を摑ませていた。

やがて、寛永寺裏にある小料理屋の戸を開けた。

弥市の顔はこのあたりでは売れている。挨拶に出てきた女将《おかみ》が頷くと、四畳半の角部屋に通された。

料理はいらねぇ、と断ってから、弥市は女の前に座った。

細長の顔にちょい濃い目の化粧は、素人《しろうと》ではなさそうだ。かといって、水茶屋で働いているような雰囲気でもない。

どこぞ大店《おおだな》の娘でもないだろう。

御用聞きの弥市にもはっきりしない正体の女だった。

「どんな話だ?」

できるだけやさしい声を出した。わざわざ強面《こわもて》にする必要のある相手ではないからだ。

「私は、盗人《ぬすっと》です」

「なんだって?」

自分から、悪事を告白しようというのか?

弥市は女の顔を見つめた。女の目はしっかり弥市に向けられている。あながち嘘ではなさそうだ。

「捕縛されたいというのかい?」

「いえ、違います……いえ、そうです」

「どっちだい」

女は、妙《たえ》と名乗った。

弥市はどうして自分に声をかけたのか、と問う。

お妙はなんとか仲間から抜け出したいのだ、と憂い顔を見せた。

「仲間から抜けたい？」

「はい。いつまでも盗人商売をしているのが嫌になってきたのです」

「それは、殊勝《しゅしょう》だが……」

弥市は言葉を切る。

本気なのかどうか確かめようと、目に力を込めた。お妙は視線を外さない。

「なるほど、どうやら本気らしい」

「お眼鏡《めがね》にかないましたか？」

「まぁな。詳しく聞こうか」

はい、と答えてお妙は語り始めた。

生まれは野州《やしゅう》、育ったのはあちこち、と笑う。つまりは一定したところで地についた生活はしていなかったという意味らしい。

「いままで盗人と一緒に暮らしていました」

お妙は、苦笑する。弥市はなるほどと相槌《あいづち》を打ってから、

「盗人といってもいろいろあるだろう」

「はい、鳶《とび》の万造《まんぞう》といえばおわかりになるかと」

「なんだって？　それは本当か」

鳶の万造といえば、大泥棒として知られる男だ。

荒っぽくはないが、確実に押し入り金子《きんす》を持っていく。ここしばらくは押し入ったという話はないが、それ以前は江戸府内だけではなく、神奈川宿《かながわじゆく》、房州《ぼうしゆう》などでも鳶の万造がやったと思われる盗賊団が動いていた。

目の前にいる女は、その万造のところにいたというのか？

「それは本当のことかい」

「もちろんです。こんなときに嘘を語っても仕方がありません」

その顔は真剣だった。

それが本当だとしたら、とんでもない窮鳥《きゆうちよう》が懐《ふところ》に飛び込んできたものだ。

鳶の万造を捕縛できたら、弥市の名前はさらに上がる。

この女の言い分が本当かどうか、弥市は、いろいろ確かめることにした。

「おめぇさん、野州で生まれてからは？」

「……さぁ、あちこち流れていましたから」

「家族はいねぇのかい」

「はい」

その顔は憂いに包まれている。なにか理由があるのだろう、と弥市は推量する。

「で、その万造とおめぇさんは一緒に暮らしていたと？」

「はい」

「いままでどこにいたんだい」

「ひとつところに、三年とは住んでいませんでした。でも、近頃は江戸で五年ほど落ち着いていたんです」

「なにか理由でも？」

「さぁねぇ。子分もできたし、生きていくだけのお足もあるからでしょうか」

「で、おめぇさんはどうして万造のところに？」

「……子どもの頃に拾われたのです」

「拾われた？　その前はどこにいたんだ」

「よく覚えていません。母親は私を産んでから、すぐ亡くなったようです」

悲しそうに目を伏せる。まさか拾われた先が大盗人だったとは。

「万造は普段、仕事はしているのかい」

「遊び人です。たまに博打《ばくち》などをやっているようです。私は、ときどき旅籠《はたご》で女中の仕事をしたり、大店で臨時雇いなどをしています」

「それは、店の内情を知るためだな」

「……親分さんにはかないませんね。いつか押込みをやるときに役立つように、働けといわれていますのでね」

「それが嫌になったのかい」

「周りの目を気にしながら生きていくのが嫌になったんですよ」

お妙は、目を伏せる。

じっと観察する弥市だが、下を向いたお妙の顔はどこか疲れた雰囲気に包まれている。一緒に暮らしていたのだとしたら、万造の女だったのか？

それなら確かに秘密を持ちながらの生活は、普通とは異なるのだろう。

二

「逃げ出したいと思った理由がよくわからねぇなぁ」

お妙は、続ける。

「逃げたいと考えるようになったのは、今年になってからです。ある呉服店で働いていたときに、その店の親戚が、以前盗人に入られたことがある、という話を聞いたのです」

「江戸でのことかい」

「いえ、そのお店は本店が近江《おうみ》にあるそうで、その近江金屋《かねや》という店の名前には聞き覚えがありました」

「前に押し入った店だな？」

「はい……」

「だが、江戸の店が支店なら屋号は同じだろう」

「それが、江戸に出店するときに、変えていたので気がつかなかったのです」

江戸のほうは山田屋《やまだや》というそうだ。女婿《むすめむこ》が跡を継いだからだとお妙は答えた。

「近江の店が押込みにあってから、突然、商売がうまくいかなくなり、そのまま倒れてしまったというのです」

「その話に同情したのかい」

「はい……初めての感情ではありません。子どもの頃は、そこまで考えることはなかったのです、あちこちで、私たちが押し込んだ後、商売が傾いたというような話を聞くたびに、こんなことをしていてもいいのだろうか、と疑問が生まれ、それがどんどん膨《ふく》らんでしまいました」

ふん、と弥市は鼻を鳴らして頷いている。

「で、逃げ出したから命を預かれ、というわけか……」

「ただ、逃げたわけでないのです」

「あん？」

「万造は、押込みをしたときのことを、克明に日記としてつけていたのです。それを盗んできたのです」

「本当かい？」

それがあったら一網打尽《いちもうだじん》にすることができる。つい、弥市の頭に手柄が浮かんだ。

「その日記はどこにあるんだい」

「それは……」

口ごもったお妙に、弥市は不審な顔をする。いまの話は嘘かと、目で問うたのだ。

「あるところに隠してあります」

「あるところ？」

「それは、私の身柄が安全とわかってから……」

「命の守り神というわけか」

「……そうですね」

さすが十年以上も逃げ回っている盗人の女である。自分を守る術《すべ》もきちんと身につけているらしい。

弥市は、もう一度お妙の顔を見つめる。

ちょっと見だけではそんな裏の生活を持つ娘には見えない。だが、ふとしたときに伏せる頬には陰りがあるように感じられた。だが、それをきつそうな目で隠している。

「おめぇさんがそういうなら無理に場所は聞かねぇ。だが、そこは誰にもわからねぇところなんだろうなぁ」

もし、他人に持ち出されるような場所では、盗み出した意味がなくなってしまう。

「問題ありません。私しか知らないところです」

「それならいいが……」

もう一歩突っ込んで、在処《ありか》を訊いてみたい弥市だが、あまりしつこくしても仕方がないだろう。

「じゃ、それ以上は聞かねぇことにする」

そういって、日記についての話題は打ち切った。

お妙を匿《かくま》うとしたらどこが一番安全か、考えてみる。奉行所で預かってくれといっても、おそらくは違った形になってしまうことだろう。盗人の女が自分から飛び込んできたのだ、そのままにしておくわけがない。

では、どうする――。

こうなったら、千太郎の知恵を借りるのが一番だ。いざとなったら、片岡屋に匿ってもらうことができるかもしれない。

弥市がいつも目をかけているわけにはいかない。千太郎がそばについていてくれたら、それに越したことはない。

千太郎には由布姫がついている。女同士話をしたら、弥市では訊いても答えてくれない内容も、つい語ってくれないとも限らない。

万蔵が遺《のこ》していたという日記の在処を教えてくれるかもしれない。

「親分さん……」

考えごとをしていた弥市の顔を覗き込んだお妙は、かすかに不安そうだった。

「あぁ、すまねぇ、おめぇさんをどこに連れて行ったらいいか考えていたんだ」

「お手数をおかけいたします」

「なに、雑作《ぞうさ》もねぇ」

ただし、千太郎は気まぐれだ。二つ返事で匿ってくれるかどうか、治右衛門がどういうか。

もし、千太郎と治右衛門が首を縦に振らなかったときは、由布姫に泣きつこう。

そう決めた弥市は、お妙に告げる。

「なんとか力になるぜ」

「親分さん……ありがとうございます」

おう、と横柄《おうへい》な態度で弥市は応じた。


帳場では、いつものように治右衛門が仏頂面《ぶっちょうづら》で十露盤《そろばん》を弾《はじ》いている。ちらちらと目を上げるのは、店番をしている千太郎がきちんと働いているかどうかを、見張っているのだ。

弥市が、市女笠《いちめがさ》を被《かぶ》った女を連れて、片岡屋の前についたとき、千太郎はいかにも尾羽《おは》打ち枯《か》らした浪人を前に、刀の目利きをしているところだった。

治右衛門が打つ十露盤の音だけが、ぱちぱちと聞こえている。

千太郎はじっと刀身を見つめている。口に紙を挟んでいるのは、刀身に息が吐きかからないようにするためだ。

「十六文《もん》だな」

「……蕎麦《そば》と同じか」

「一食食べることができると思えばよろしい」

そういって、千太郎は治右衛門に目を向けた。

浪人は肩を下げてじっと待っている。治右衛門が金箱から十六文を取り出して、千太郎に渡した。浪人は十六文を手でころころ転がしてから、

「たったこれだけにしかならぬとは……」

と嘆く。その科白を聞いた千太郎はまったく気にもせずに、早く帰るようにと手を降った。

「千太郎の旦那……」

弥市が、店に入って声をかけた。すると、千太郎はにやりとして、

「後ろの娘さんは、誰から逃げようとしているのだ？」

「はい？」

いきなり真相を見抜かれて、弥市は目を丸くする。千太郎の言動には常に驚かされる。

「わかりますかい？」

「これから夏になろうとしているときに、そんな市女笠で顔を隠しているのだ、どこからか逃げてきたのではないかと思うのは、私だけではあるまい？」

「そうですかねぇ」

「せめて御高祖頭巾《おこそずきん》にしておけばよかったものを」

薄笑いしながら、千太郎は顔をお妙に向けた。

「そっちのほうが、汗をかきますよ」

弥市が答える。

「そうか……」

ふふふ、と千太郎は薄笑いを見せる。

ふたりのやり取りはお妙には聞こえていない。それでも、市女笠の前をかすかに上げて、千太郎に目線を送った。

弥市は片岡屋に来るまでに、千太郎について話をすると、お妙は千太郎に興味をもった。

これならなんとかなるかもしれない。お妙本人が話をすることで、千太郎が乗ってくれるだろう。だが、治右衛門は、反対するかもしれない。面倒なことに巻き込まれるのを避けたいのだ。しかし、その気持ちも千太郎が口説《くど》けば、翻《ひるがえ》る。

「お妙さん……自分から話を」

弥市に促《うなが》されて、お妙は頷いた。

どこから話そうと考えているのだろう、かすかに間を開けてから、

「じつは……」

「いつから逃げているのかな？」

お妙は目を見開く。いきなり逃げてきた事実を見破られ、驚くしかない。じっと千太郎を見つめてから、

「親分からお聞きになったのですか？」

「いや、推量してみただけだ」

「まぁ……」

お妙は驚きながらも睨みつけた。だが、その奥には、この人なら自分を預けて安心だ、という意味が込められている。千太郎が醸《かも》し出すゆったりとした雰囲気が安心感を与えているらしい。

弥市は、すぐそばに寄り、

「旦那……匿ってくれませんか」

「どこにだ」

「離れでも、それがだめなら……」

十露盤を弾いている治右衛門に目を向けた。

話は聞こえているはずである。だが、治右衛門は我関せずの姿勢を貫いている。かすかに唇を歪ませたのは、面倒な話を持ってきたといいたいのだろう。

弥市は続ける。

「あっしのためにも……」

その言葉に千太郎は、苦笑した。

「なんだ、親分のために力を貸せというわけだな？」

「そう、ともいいますかね」

わっはははと口を開きながら、千太郎は治右衛門に顔を向けた。治右衛門は下を向いて、十露盤を弾いていたかと思ったら、今度は、帳簿になにやら書き付け始めた。さも忙しそうにしているのがみえみえだった。

「お妙さんといったな、片岡屋は見ての通りだ」

笑いながら、千太郎は弥市とお妙を見つめる。

「ようするに、匿ってはくれないということでしょうか？」

小さく頰を歪ませながら、お妙は千太郎を覗き込んだ。

「まぁ、そういうことだから、親分と一緒に他を当たってもらうか」

「そんな、殺生《せっしょう》な」

泣きそうな顔で弥市がため息をついた。

三

涙でも流しそうになっている弥市の顔を見て、千太郎はにやにやしている。

「親分がそんな顔をするとはなぁ。よほどこの娘にご執心《しゅうしん》らしい」

「そんなんじゃありませんや」

不服そうな声だが、顔はまだくしゃくしゃである。

そうかそうか、と千太郎は笑いながら、

「親分のそのような顔を見ているのは、忍びない……」

含み笑いをしながら、千太郎はお妙に目を向ける。

お妙は、自分の力ではどうにもならないと、半分は諦めの目つきだった。だが、千太郎の言葉は違った。

「お妙さんといったな。話を聞こうか」

そう告げると、千太郎は立ち上がった。

離れに行こうというのである。

すかさず弥市が続く。それを見て、お妙は嬉しそうに微笑んだ。

渡り廊下を通って離れの部屋に入ると、千太郎はすぐお妙に、詳しく話すようにと促した。

はい、とお妙は頷いてお聞きくださいい、と小さく呟《つぶや》いた。その声にはあまり力はない。先ほどの喜びにはそぐわない。それだけ、面倒な話なのだろうと千太郎は値踏みする。

お妙は、大きく息を一度吐いてから、千太郎に目を向けた。

今度は、覚悟のできた目つきだった。

「慌てることはない。ひとつひとつ話をすればよろしい」

にこりとした千太郎の態度に、お妙の気持ちもほぐれたのがわかる。

弥市は、やはり千太郎のところに連れてきてよかった、と心のなかで安堵している。

「私は、ずっとある盗賊の男の下にいました……」

だいたいは弥市が聞いた話と同じだった。

若い頃は、分別もなく楽しんで盗人生活を続けることができた。ときには、押し込んだ後その店がどうなっているのか、わざわざ見届けに行くような真似もしていたという。

さらに、その店が落ち目になっていると、それを見て喜んでいたのだった。

「ですが……」

十代も後半になり、そろそろ二十歳が近づいてくると、盗人の生活がいかに世間から外れた行為であるのか、悩み始めたというのである。

「盗んだ金子《きんす》で、きれいな小袖を買ったり、帯や草履を買うことができます。芝居見物にも行けます。美味しい料理屋にも入ることができます。でも、近頃はそんな生活が本当にいいのかどうか、気になって楽しむことができなくなってしまったのです」

「ふむ」

千太郎は、小さく頷いた。

「正しい心を取り戻した、というわけだな」

「そうかもしれません。それともうひとつのお願いは、私が日記を差し出しますから、万造の命も助けてもらいたいのです。これが日記を渡す条件です」

「なるほど……」

自分の男の命を助けたいと思うのは、女心だろう。弥市は、

「その気持ち、わからねぇでもねぇ」

ありがとうございます、といってお妙は、袂を目に近づける。

「私が逃げたことを万造の子分たちが気づき、追手《おって》をかけました。万造がつけていた日記を持ち逃げしたこともばれています」

「追手は、命も狙っているかもしれねぇそうです」

弥市が続ける。

「奉行所に連れて行くと、そのまま捕縛されてしまいます」

「そうはしたくないと親分は思っているわけか」

「まぁ、そうですねぇ」

「奉行所に渡したほうが、万造の子分たちからも逃げることはできる」

本来ならそうすべきなのだろうが、自ら自分の罪を認めて逃げてきた娘をそのまま大番屋送りにするのは忍びねぇ、と弥市はいう。

「だが、罪は償《つぐな》わねばならぬぞ」

お妙は千太郎の言葉に、はい、と頷《うなず》いてから、

「捕まるのはしょうがありません。でも……」

つまりは、捕まっても罪一等を減じるような証《あかし》を持ちたい、というのだった。

「千太郎の旦那……このお妙さんを囮《おとり》にして、万造一家を捕まえてぇ」

「なるほど」

弥市としては、それが本音《ほんね》だろう。

腕を組んだ千太郎は、しばらく目を瞑《つむ》っていたが
「人としての道に気がついた者を放っておくわけにはいかぬ」

そういって、千太郎は弥市と目を合わせた。

「では、旦那……」

「助けよう」

その言葉に、弥市は小躍《こおど》りせんばかりだ。

「助けるといっても……」

どんな策を練るのか？　弥市は千太郎を見つめる。

「ふむ……どうするか。まずは、ここにいつまでも置いておくわけにはいかぬであろうなぁ」

「なぜです？」

「おそらく、お妙は尾行されている」

「ここがばれていると？」

そうだ、といって千太郎はいきなり刀掛けから刀を引き寄せ、素早く立ち上がると、小柄《こづか》を庭先に向けて投げつけた。

がさりという音がしたと思ったら、黒っぽい裾が翻《ひるがえ》ってそのまま庭から板塀を飛び越えた。

「あれは！」

弥市が驚き、すぐ立ち上がると庭先に飛び降りた。だが、すでに曲者《くせもの》は逃げた後である。

「お妙さん、あの体に見覚えは？」

千太郎の問いに、お妙は眉根を寄せながら、

「吉助《きちすけ》という一の子分です」

体も軽く、小回りがきく男だという。

「やはり……」

かすかに眉を寄せた千太郎は、腕を組む。

「さきほど逃げたのが一の子分、吉助。軽業師《かるわざし》かと思えるほど身の軽い男です。もうひとり、木更津《きさらづ》の鉄《てつ》という子分がいます。このふたりは、巣鴨《すがも》にある木賃宿《きちんやど》に泊まっ

ています。私も一緒でした」

「ほかの者は？」

「それは、私もわかりません。鉄という子分は、血も涙もないような者で、万造が抑えなければ押し込んだ店の女を犯すような真似をします」

いつか万造に変わって自分が親分として組を持ちたいと考えているようだ、とお妙は顔を歪めた。

「親分……徳之助《とくのすけ》はどうしている」

身体を弥市に向けて、千太郎が問うた。

「あぁ、あの野郎は例によって女のところでとぐろを巻いているようです」

徳之助というのは、ときどき弥市の密偵のような真似事をする男だ。正業を持たずに、女の家に居候を続けるような、男である。

よそから見ると、とんでもない男なのだが、女から見ると、

「いてくれてうれしい……」

誰もが微笑むという特殊な才を持つ男だった。

「以前、深川《ふかがわ》にいたはずなんですがね、いまは、本所割下水《ほんじょわりげすい》にいるようです」

千太郎は、すぐ呼んでお妙さんを匿う算段をするように、告げた。

「あんな野郎に託すんですかい？」

「女心は一番、読めるだろう」

「まぁ、そうですが」

「それに、女を隠す場所に通じているのではないか？」

「……訊いてみましょう」

頼む、といって千太郎はお妙に目を返す。

「まぁ、大船に乗ったつもりでおればよろしい」

千太郎は、胸を叩くような真似をした。

「申し訳ありません」

お妙は、神妙に頭を下げた。その顔には、安堵と一緒に不安も含まれている。弥市がそっと目を送ってみるが、そのひっそりとした座り方からは、いままで泥水を被ってきた女のようには見えない。

鳶の万造は荒っぽい男ではない。盗賊としたら大人しいほうだろう。力技で押し込みをするよりも、手間暇をかけて狙った店に押し込む。だからこそなかなか捕縛できないのだ。

店の主人を殺したり、使用人に傷をつけるような荒業を使う盗人には、必ず水漏れがある。顔を見られたり声を聴かれたり、彫り物が見つかったり。そこから辿《たど》られて最後は、お縄になる。

鳶の万造にはそのような穴がなかった。慎重なのである。

そんな男のそばで暮らしてきたからだろうか、お妙という女にも、どこか隙が見つからない。

もうひとつわからないことがある。

自分が世話になってきた男を貶《おとし》めるために、悪事のすべてを書いているという日記を奪うだろうか？

弥市はそこが気になっているのだ。役人に渡ったら、男の命も奪われてしまうかもしれない。

よほど恨みがあるのだろう。それだけ非道なことをされてきたというのか？

それにしては顔はきれいだし、乱暴された痕《あと》なども散見されてはいない。暴力を受けていたとしたら、その女の手や顔などに名残《なご》りがあるものだと、いままでの経験で弥市は知っていた。そこまで頭を巡らせたが、

――いまは考えていても仕方がねぇ。まずはお妙さんを匿わなくては。

首を振って、弥市は考えを止めた。

弥市は、片岡屋から出ると、その足で本所割下水に向かった。おそらく徳之助は女の家でごろごろしていることだろう。外に出たとしても、それほど遠くには行かない。なにしろずぼらなのだ。

本所に入ると水の臭気が漂ってくる。あちこちに溝《どぶ》のような水たまりがあるからだった。

「どうにも本所は合わねぇぜ」

ひとりごちながら、弥市は割下水に向かった。

割下水は、二つ目橋のすぐそばにある。

橋から南に一丁ほど進んだところに、徳之助が居候している女の住まいがあると聞いていた。徳之助からはときどき、居場所の連絡が入るのである。

割下水は水面まで三尺もあるかなしかだ。子どもたちが遊んで転げ落ちても不思議ではないだろう。

このあたりは、子どもだけではなく、大人でも油断すると水に落ちてしまいそうだ。

弥市は慎重に歩きながら、教えてもらった長屋を探した。

貰った文には甚助長屋《じんすけながや》と書いてあったはずだ。近所の自身番に入り、場所を訊くとすぐ見つかった。

木戸は傾き住人たちの商売や名前の書かれた紙が、まるで千社札《せんじゃふだ》のように貼りつけられている。

そのなかに、徳之助という名前があった。居候だというのに、この長屋でなにやら商売をしているらしいが、その詳細は書かれていない。どうせ、いかがわしい商売で、女たちを手玉に取っているに違いない。

溝板は、半分くらいしか残っていない。おそらく冬場など寒い時期だけではなく、不届き者が薪《まき》にしてしまったに違いない。

徳之助が居候している住まいは、一番奥だということだった。

井戸端には、数人の女たちが洗濯をするために集まっているようだった。

徳之助がいるかどうか、声をかけてみると、そのうちのひとりが弥市を見て、

「うちの人なら、昼寝してますよ」

丸い顔をした女が答えた。

呼んでくれと頼んで、弥市は立ち上がった女の後についていく。

女は、力任せに障子戸を開いて、なかに声をかけた。

「おう……」

眠そうな声が聞こえて、なかから徳之助が姿を見せる。

「おやぁ？」

弥市の顔を見ると、意味深《いみしん》な目つきをした。

「なんだい、その顔は」

弥市は、不機嫌な声を出した。

「まさか、親分がこんな場所に来るとは思っていませんでしたからね」

「用があればどこでも顔を出すさ」

「さいですかい」

戸口から顔を出して、周囲を一度見回してから、徳之助は、弥市になかに入ってくれと促した。

部屋はきちんと整理され、こざっぱりしていた。

奥に畳まれた布団の柄《がら》がやたらと派手である。それを見て、弥市はふんと鼻を鳴らした。

「へへ。親分には目の毒ですかね」

ニヤニヤしながら、徳之助が座った。

「やかましい」

「で、誰か女を助けてくれってんですかい?」

「なに?」

「あら、当たりましたか。ちっとね、ある筋からある噂が入ってましてね」

「……どんな噂だ」

徳之助は、弥市をじっと見つめて、

「親分が探している盗人たちだと思いますが、いかがです?」

「なにぃ?」

「鳶の万造がらみでしょう」

「知っているのか」

「奴と一緒にいた女が逃げたという噂が入ってきましたからね」

その関わりで弥市が訪ねてくるのではないかと思っていた、というのであった。

四

「なにか仕入れているのなら、教えろ」

弥市は、徳之助を促した。

「へへ、まぁそんなに慌てなくても」

「馬鹿野郎、ひとりの女の命が関わっているんだ」

「……はぁ？　ひょっとして親分がその女を匿っているんですかい？」

「そんなようなものだ」

「それは、それは、また面倒なことに首を突っ込んだもので」

「面倒なのか」

「楽じゃねぇでしょうねぇ」

「詳しく教えろ」

へぇ、と答えて徳之助は、ある賭場《とば》で聞いた話だ、と断りながら、

「もうすでに知っていると思いますが、鳶の万造という盗人がいます。その女が仲間から逃げた、ってぇんです」

「あぁ」

「でね、その女はただ逃げたのなら、まぁ万造もそれほど怒りはしねぇと思うんですが、なんと、いままで盗人に入って盗んだ金額やらなんやら、詳細を記していた日記をそいつが盗んだまま逃げたってぇんですから」

「そこまでは、知っているぜ」

「問題はここから、不思議な話があるんでさぁ」

そこで徳之助は、一息ついた。

外から洗濯板がパンパン叩かれる音が聞こえてくる。

ときどき屋根の上から、がたんという音が聞こえてくる。弥市が不思議そうな顔をすると、

「この界隈を縄張りにしている、猫ですよ」

徳之助が、苦笑した。

みんなが餌《えさ》を与えるので、猫とは思えないほど太っているのだそうだ。

障子戸は閉まっているのに、ときどき初夏の気持ち良い風が部屋に入ってくる。

酒でも飲みてぇなぁ、と謎をかける徳之助だが、弥市は無視して話を続けろ、と促した。

「……万造の子分には、吉助と鉄というふたりの片腕がいます」

「知ってる」

「吉助というのは身軽な男で、押し込むときに、塀を乗り越えて先に潜り込み、みんなを誘導する役目で、それほど剣呑《けんのん》な野郎じゃねぇんですがね、鉄というのがおっかねぇ」

「人殺しか」

「万造が殺しは嫌いなので、手下になってからはやっていねぇようですが、それまでは、木更津や房州あたりを荒らし回り、殺しに手籠《てご》め、なんでもありというような野郎だったといいます」

「いまは大人しくなったんだろう」

「噂によれば、そうでもねぇようですぜ。なにしろ鳶の万造といやぁ、名うての盗賊でさぁ。その手下もなかなか腕のある奴らが揃っている。つまり、鉄はその手下たちを自分のものにして、万造の後釜《あとがま》を狙っているそうで」

「吉助がいるんだろう」

「まぁ、派閥といえば吉助のほうが多いんでしょうがね。こちらは大人しい奴らが多いから、鉄とやりあったら勝ち目はねぇでしょう」

「その鉄がなにかやらかそうとしているのかい」

「逃げた女を捕まえて、殺すと息巻いているらしいんですよ」

「いくら逃げたとしても、自分の女を殺すのは万造は許さねぇだろう」

「そこでさぁ、問題は」

また徳之助はそこで一息つく。

「いままで贅沢《ぜいたく》をさせてもらっていたはずだ。どうして逃げたんですかねぇ。まったく女心はわからねぇ」

「もったいぶるな」

「おめぇがそんな科白を吐くとは珍しい」

徳之助は、ニヤリと頬を歪ませながら、

「へへ、まぁね、だから女は可愛いってこともありますけどね」

ちっと舌打ちを鳴らして、弥市は横を向いた。

鉄が目を皿にしてお妙の居場所を探しているとしたら、一刻も早く無事な場所に移す必要がある。

「徳之助……頼みがある」

「そうこなくっちゃ」

「女を安全なところに隠してくれねぇか」

その言葉に、徳之助は微かに首を傾けてから、

「親分、あっしは剣呑なことには関わりたくねぇ質《たち》でね」

「その娘を助けるんだ」

息を呑んだ徳之助は、大きく肩を揺すって、

「やっぱりねぇ。親分の顔を見たときから、そんな気がしてましたぜ」

「俺の顔に書いてあったとでもいうのかい」

「親分は正直ですからね」

そこに女が洗濯物を抱えて戻ってきた。

朝から干していたのか、すでに乾いているようだった。女物の小袖も思ったより地味である。どこぞの茶屋女かと思っていたのだが、そうではないらしい。

部屋の隅に座り洗濯物を横に置いて、徳之助がいつもお世話になっています、と手をついた。慌てて、弥市も頭を下げる。

「いや、そうでもねぇ」

苦笑を見せると、

「山之宿の親分さんですね。いつも徳之助に話を聞かされています」

「どうせろくな話じゃねぇだろう」

「いえいえ、そんなことはありません、腕っこきの親分さんだと聞かされております」

弥市の縄張りは浅草《あさくさ》から上野界隈だ。本所に名前は通っていないだろう。

「なに、たいしたことはねぇ」

少しふんぞり返ってしまう弥市に、徳之助は苦笑いしながら、

「お連《れん》、おめぇは耳を塞《ふさ》いでいろ」

はいはい、といいながらお連と呼ばれた女は背中を向けて、洗濯物を畳《たた》みだす。お連の動きを見つめながら、徳之助が訊いた。

「親分……どうやって娘と知り合ったんですかい」

「あぁ……じつはな……」

一度、お連に目を向ける。徳之助はお連なら心配ねぇ、と呟いた。誰かに話をばらすような真似はしない、といいたいのだろう。

弥市は静かに頷いて、

「俺のところに飛び込んできたんだ。助けてくれっていってな」

「げげげげ。それはそれは」

言葉を失ったのか、徳之助は意味不明な相槌を打つ。

弥市は、千太郎と策を練って、女を匿うには徳之助に頼むのが一番いいのではないか、と話を決めたと話した。

そんなことを勝手に決めるなよ、という徳之助の言葉を無視して、弥市は、お連の後ろ姿を見つめる。その姿からはこちらの話を聞いているのかどうか、判断はつかな

い。

だが、一間《けん》と離れず同じ部屋にいるのだから、ふたりの会話が聞こえていないはずはない。それでもまったく動ぜずに手を動かしているお連だ。よほど肝《きも》が据《す》わっているのか、それとも無関心を装っているのか、どちらかだろう。

「仕方がねぇ……お連、聞こえたな？」

お連は、静かにこちらを向いて、笑みを浮かべた。

「お役に立てるなら……」

涼やかな声だった。

「どこかあるかい？」

こんなとき、徳之助の声はやさしい。女の心をとろけさせる声音《こわね》だ。

「ちょっと心当たりがあるにはありますが」

「それは？」

弥市が勢い込む。

「はい、横川《よこかわ》沿いにある報恩寺《ほうおんじ》の裏手に、小さな小屋があります。そこなら人は通らないので隠れるには丁度《ちょうど》良いのではないかと思いますが」

「報恩寺の裏手か」

報恩寺は横川にかかる法恩寺橋の袂にある名刹《めいさつ》だ。

お連がいうには、以前、このあたりは子どもたちの遊び場であったという。お連が子どもの頃に、かくれんぼなどをしていたらしい。いまは周囲が荒れ野になってしまったので、ほとんど人の姿は見えない、というのだった。

「いまは、あの小屋について知っている人はいません」

「一緒に遊んでいた子どもたちは？」

弥市の問いに、お連ははいと頷きながら、

「思い出す人もいないと思いますが……」

「それなら心配いらねぇかな」

なかなか納得する様子のない弥市に、徳之助は笑いながら、

「そんなに心配していたら、唐天竺《からてんじく》にでも逃げねぇといけませんぜ」

弥市も苦笑するしかない。

「とにかく、そこに連れて行くか。それからまたどうするか考えるとしよう」

「では、さっそくお連れいたしましょうか？　親分や徳之助さんが一緒に行くより、私のほうが目立ちません」

「それもそうだな」

雪《ゆき》さんにも一緒に行ってもらったほうがいいかもしれねぇ、と心で呟きながら、弥市は頼むぜ、といって立ち上がった。

五

弥市は、すぐ片岡屋に戻り、徳之助とお連がお妙を報恩寺の裏手にある小屋へ連れて行ってくれると伝えた。すぐ千太郎は立ち上がり、片岡屋を尋ねてきた由布姫と一緒に本所割下水まで駆けつけようとする。

「千太郎の旦那……あっしは、万造や鉄の動きを見張ってみます。波平《なみへい》さんに頼んで、巣鴨《すがも》の木賃宿を囲ってみましょう」

弥市が忙しそうにすると、

「では、私は、出かける用意をしてきます」

由布姫は懐剣を持って行きます、と治右衛門から借りるために表へ向かった。すると、弥市が声を落としながら、

「それにしても、あのお妙という女ですが、どこか不思議な匂いを放っていると思いませんか」

「ふむ。あれは菊水香《きくすいこう》だろう」

菊水香とは、両国の菊水という店が売っている匂い袋のことだ。

「旦那、そうじゃありませんや。あの女そのものでさぁ。泥棒の女にしては、崩れたところがありませんしねぇ。本当に万造の女なんでしょうか？」

「本人がそういうんだから、そうなんだろう。それに、万造の女でなければ知らないようなことを喋っていたではないか」

「こんなときにいうのもなんですが、どうもあのお妙さんが逃げた目的がもうひとつはっきりとはわからねぇんですがねぇ。ときどき憂い顔を見せて、盗人稼業に嫌気が差したとはいってますが、それだけで自分が世話になっている男を捕縛させる日記を奪って逃げますかねぇ？」

「ほう。なかなか鋭い疑問ではないか」

「ちゃかさねぇでくださいよ。ひょっとしたら逃げた裏には、まだ他に目的があるんじゃねぇか、とあっしは睨んでいるんですが、千太郎の旦那……いかがでしょう」

「確かに、少々、乱暴な逃げ方ではある。また、なにか目的が他にあるのではないかと目星を付けたところは、なかなかである」

「では、旦那も同じように？」

千太郎は、小さくに瞼《まぶた》を閉じて半眼《はんがん》になった。

「なんです？　それは」

弥市には、意味が通じない。

「なに、眉に唾するほどではないから、薄目で見たほうがよいかもしれぬ、という謎かけだ」

「よくわかりませんが、まぁ、だからといってあのお妙という女をまったく信用できねぇわけでもねぇ。嘘をついているとは思えませんからねぇ」

いずれにしても、すぐ奉行所に連れて行くわけにはいかない。日記を手に入れて、それを盾にすれば、罪一等、いや二等くらいは減じられるだろう。

お妙を見ていると、その後ろ盾になってあげたい、と思わせるだけの佇まいはあった。とても大泥棒の女として長年暮らしてきたとは思えないなにかをあの女は持っている。

「それと、もうひとつ……」

「ふむ」

「お妙は、子どもの頃拾われたといってました。それが成長して万造は自分の女にしてしまったんでしょうが、そんなことができるもんでしょうかねぇ」

「己好みに手塩にかけたとしたら、それは本望なのではないか？」

「ははぁ……なるほど、さすが雪《ゆき》さんのあの気性を変えた千太郎さんの言葉ですぜ」

「……どういうことだ？」

「あっしが最初雪さんにお会いした頃は、荒馬みてぇでした。なかなか手なずけるのは大変だと見てましたですよ」

「ほほう……それはまた貴重な意見であるなぁ。雪さんが聞いたらどんな顔をするか」

「ばらされたら困ります。お願いしますぜ……。まぁ、それはともかく、あの雪さんが近頃じゃ、大人しいとはいいませんが、いきなり跳ねるようなことはなくなりました。それもこれも千太郎の旦那が手塩にかけたからでしょう」

「ほほう。なかなかの眼力である」

「それほどでもありませんがね。つまりは、そういうことですかね？　万造はお妙を好みの女に育てたと？」

「そう考えると平仄《ひょうそく》が合うのではないか？」

「確かにねぇ。自分好みの女に変えてぇと思うのは、男の夢だ。ちきしょーめ。万造はそれをやり通したってことですかい。盗みはきれいだが、女に関してはイヤな野郎だ」

　そこに由布姫が戻ってきた。

「誰がイヤな野郎なんです？」

「あ、いえ……じゃあっしはちょっくら巣鴨のほうへ行ってきます」

　弥市が消えると、由布姫は自分の悪口でもいっていたんじゃありませんよねぇ、と千太郎に迫った。

「まさか。なに、万造の話だ。それ以外は話していませんぞ」

「……まぁ、信じましょう」


　そしていま、徳之助の案内で千太郎、由布姫、お連と一緒にお妙は法恩寺橋の袂に立っている。大川とは異なり、ゆるゆるとしたその流れはどこかのんびりしたものだった。大川橋界隈なら、若い娘の声やら火消しが走り回ることもあり、いろんな声が聞こえてくるが、まったく静かである。

　法恩寺橋の向かい側には、春屋《はるや》という扁額を上げた船宿が建っている。若い女将《おかみ》らしい女がなにやら忙しくしているから、けっこう繁盛しているのだろう。

五人は、川を渡らずに報恩寺の奥側へと向かった。

そのあたりは、草が奥深くなっていて、確かに人が集まりそうな雰囲気はない。勇敢な子どもなら、秘密の砦《とりで》とするような場所だが、そのような子どもたちの姿も見られない。

由布姫とお連はお妙の話を熱心に聞いている。

お連は話を聞きながら、涙さえ流している。

「そうですか……盗人と一緒に暮すのは大変だったでしょうねぇ。よく逃げてくることができました。あなたも男の運がなかったのですかねぇ」

徳之助は、ちらちらお連の顔を見ながら苦笑している。どうやら、自分も男運がない、とでも話しているらしい。

やがて、うっそうとした林と野原が一体になった場所に出た。後ろを見ると、かすかに木々の間から報恩寺の屋根が覗き見える。

ここなら誰も来ないだろう、徳之助も頷いた。

「不便かもしれねぇが、当分はここにいてもらうことになってしまう」

徳之助の言葉に、お妙は腰を折って、

「ありがとうございます」

「なに、弥市親分の頼みだからな」

その言葉に、お連は足を止めて、

「こんなことをいっていますが、親分さんの頼みだけではないのですよ。この人は美しい女の人には滅法《めっぽう》甘いので」

なにをいうか、と徳之助は苦笑するしかない。

と——。

林のなかからかすかな足音が聞こえてきた。子どもたちは通り過ぎないが、犬猫なら入ってくるかもしれない。徳之助は、千太郎を見た。

「逃げろ」

千太郎は、徳之助とお連に告げた。

「すぐここから離れるのだ」

徳之助とお連は、頷くと横川のほうに向かって駈けだした。足音が聞こえたかもしれないが、それは仕方がない。

千太郎は、由布姫とお妙のふたりに屈《かが》むように命じた。

「誰かにつけられたようだ」

「まさか」

った。

「長屋からつけられたとしたら、ここに敵がいても不思議はない」

ふたりに体を草のなかに隠すように告げて、千太郎は足元に落ちている木《こ》っ端《ぱ》を拾った。

「奴らは私が引き受ける。雪さん、すぐここから出て片岡屋に戻るのだ」

「でも……」

不安そうな目つきをするお妙を制して、

「敵が追ってきたら私がなんとかする」

「はい……」

由布姫は、お妙の手を握って、行きましょうと促した。

ふたりが、そろそろと林から報恩寺橋の方向へと向かって行く後ろ姿を確認してから、千太郎は、石を拾って音のする方向へ投げ捨てた。

林を抜けた由布姫とお妙は、横川沿いの土手で運よく流しの駕籠《かご》を止めることができた。

報恩寺への客を乗せてきた帰りらしい。

「お妙さん、乗ってください」

ひとりで乗るわけにはいかない、としぶるお妙を由布姫は、

「いま、そんな問答をしている暇はありません」

お妙はしぶしぶ頷いた。

山下の片岡屋という骨董を売っている店を知っているか、と問うとへぇと威勢の良い返事がもらえた。

酒手ははずむから急いでくれという由布姫の言葉に、先棒後棒ともに酒好きな顔を見せて、合点でさぁと勢いよく走りだした。

走っていく駕籠を見てから、由布姫はもう一度林のなかに戻っていった。

狭い通路を報恩寺から裏手に向かって進んでいくと、千太郎が大きな松の木の下で身を潜めているところに遭遇した。

やはり、敵が襲ってきているらしい。

「敵は？」

「小屋の周りを歩きまわっているようだが、お妙さんはひとりで大丈夫か？」

千太郎が由布姫を見た。

駕籠屋がなんとかしてくれるだろうとは思うのだが、やはりひとりにさせないほうが良かったのだろうか、と由布姫は後悔の言葉を吐いた。でも、いまさらもう遅い。

「私たちも早くここから逃げましょう」

いつまでもこんなところにいる必要はない。

ふたりは、そっと林のなかから通りへ向かった。

横川沿いに出ると、千太郎は駈けだした。

「お妙さんの駕籠に追いつこう」

「そんなことができますか？」

「早駕籠でなければ、追いつける」

「わかりました」

このようなときの千太郎と由布姫の足は速い。もともと鍛え方が違うのだ。

通り過ぎるふたりを、棒手振《ぼてふ》りが呆れ顔で見つめている。

お妙の乗った駕籠は、横川沿いから北に向かって業平橋《なりひらばし》に出た。そこから大きな水《み》戸《と》様のお屋敷を右に見ながら、大川橋《おおかわばし》を渡ろうとしたとき、駕籠が突然止まった。

どうしたのか、と垂れを上げると駕籠かきが逃げていく。跳ね上げた垂れから、男の顔が見えた。

「吉助……」

駕籠の前に立っていたのは、万造の子分、吉助である。

「そろそろ戻りましょう」

普段は穏やかな吉助だが、自分たちが働いた盗人の一部始終を書かれた日記が持ち出されたとあっては、強面にならざるをえないのだろう。

「いやです」

駕籠から出ようとしないお妙の手を引っ張る。お妙は抵抗するが、吉助の力には抗《あらが》えない。

引きずり出されて、逆手を取られた。

身体をひねりながら逃げようとするお妙に、吉助は羽交い締めにして囁いた。

「手荒な真似はしたくねぇ。静かにしてくれねぇかい」

「やなこった」

「親分は、お妙さんが消えてから、ずっと沈んでいましたぜ。なにしろ可愛がっていたあんたに裏切られたんですからねぇ」

「冗談じゃないよ。子どもの頃から盗人だ。押し込みの手伝いまでさせられて、分別が付かない頃はそれで楽しかったが、誰だって大人になっていくんですよ。いまのままの生活がいいのか悪いのか、世間様に顔向けできるのかできない暮らしか、そんなことは誰だってわかりますよ」

「それは親分も、このままじゃ申し訳ねぇ、と思っていたでしょうよ。でも、日記を持ち出して、町方に渡そうというのはいけねぇ」

「そうしたほうが、あの人のためでもあるんですよ」

「そうは思えねぇなぁ……」

吉助は、声を低くして答えた。

吉助としては、そんな会話などいつまでもしている暇はないのだろうが、時は過ぎていく。

と——。

「逃げろ！」

声が聞こえた。

必死な顔をした千太郎だった。

源森橋《げんもりばし》を過ぎて大川沿いに走ってくる姿が見えた。お妙は、離して！　と叫んで逆手をはずそうと体をよじる。

大川から流れる風とともに、千太郎がすっ飛んできた。

「てめぇ、誰だ！」

千太郎は、駕籠の棒を摑んで、それを引き抜こうとするが、うまくいかない。仕方なく、腰を屈めて石を拾って投げる仕種《しぐさ》を見せた。

「誰だ、だと？　そういうお前こそどこの誰なんだ」

「お妙さんの許嫁《いいなずけ》だ」

「なにぃ？」

「人の女をおもちゃにするんじゃねぇ！」

千太郎はわざと伝法《でんぽう》な言葉使いをする。

拾った石を吉助に投げつけた。石は一個だけではなかった。二個三個と立て続けに石つぶてに襲われて、吉助は頭を抱えて、その場にうずくまった。

「いまだ！」

お妙の手をとった千太郎は、一目散《いちもくさん》に大川橋に向かって駈けだした。

橋を渡ろうとしたところに、後ろから追いつかれた。なにしろ女を連れているのだから、速く走ることはできない。翻って見ると今度は吉助ひとりだけではなかった。一緒に目の細い男が匕首《あいくち》を抜いてこちらに向かっている。

「木更津の鉄です」

お妙が喘《あえ》いだ。

剣呑な男だ。人を殺すことをなんとも思っていない。それだけにこんな場所で出合ったことに、驚く。

「ふん……おめぇが日記をどこに隠したのか、それを知るために、泳がせていたのよ」

鉄が、冷たい声で告げた。

どうやら、逃げたときからお妙の動向は握っていたらしい。それを知らずに、弥市のところに逃げ込んだのは、失敗だったのか。

そのとき、由布姫が追いつき、お妙を庇う。

「さて……鳶の万造の子分たち。神妙にしてもらおうか、といっても私は、町方ではないのだがな」

「なにぃ?」

吉助は、顔を歪める。

「何だ、おめえは」

「そうだなぁ。ここで啖呵《たんか》を切るのはどうかと思うが、姓は千、名は太郎。人呼んで、目利きの千ちゃん」

「なんだと?」

「目利きといっても、ちょっと違う。悪の目利きだ」

啖呵を切りながら喜んでいるふうな様子まで見える。その佇まいが気持ち悪いのか、鉄がかすかにずり下がった。

吉助のほうが鉄よりは年嵩《としかさ》だっただけ、落ち着きを失わずにいる。どこの誰か知らぬ相手とはいえ、相手は侍である。それなりの態度を取ったほうがいいと思ったらしい、

「お侍さま、これは身内の問題でございます。手を引いていただけませんかねぇ」

「ほう、盗人でもそれだけの言動を取ることのできる者がいるらしい」

「なんです？」

吉助は手を懐に突っ込んだ。

「おっと匕首《あいくち》などを取り出しても、怪我をするだけだ。やめておいたほうがよいぞ」

「…………」

どう言葉を返したらいいのか、吉助はとまどっている。

六

お妙は、吉助と鉄を交互に見ながら、

「あんたたちは、知らないんだ。万造には私が子どもの頃から盗人として育てられて、もう、嫌になったんだよ。世間の娘と同じような暮らしをしたくなったんですよ！」

鉄は、ふんと鼻を鳴らして、

「いままでの暮らしを考えてみたらいい。その辺の貧乏な百姓たちよりはよほどいい暮らしをしてきて、いまさら勝手なことをいうんじゃねぇや」

「それでも嫌になったんだからしょうがないじゃないか」

必死に訴えるお妙の言葉も、鉄には届かない。

吉助は、どこか同情の目つきをしているが、だからといって、自分たちの悪事を書いた日記を奉行所に渡されたのでは、たまったものではないだろう。

「あんたが私の命を狙っていると、万造は知ってるのかい！」

鉄は、頬を歪めながら、

「残念ながら知らねぇ。何度もいうが、あんたが日記を持ち逃げしたことを知ってから、親分は元気がなくなったんだ。まさかあんたが親分を売るとは、夢にも思っていなかったんだろうよ。だから、半分病にかかったみたいになっているんだぜ」

万造がそんなことになったのは、お妙のせいだといわんばかりである。

だからといって、お妙が戻るわけがない。

「俺たちはこのままあんたに奉行所にこれが証拠の日記でございます、と持ち込まれたら困ることになるんだ。もちろん、万造親分もだ。だから素直に帰ってくるか、あるいは日記を戻してくれるかどっちかなんだ」

わかるな、とでもいいたそうに鉄は、顎をぐいと動かした。それほど長い顎ではないが、脅しにはなる。

だが、千太郎には、ほとんど意味のない言葉だった。

ぱちぱちと小さな拍手をしながら、千太郎は笑っている。

「うまいうまい。あんたは役者の素質がありそうだ」

「……やかましい！」

さらに顎を突き出して、鉄は千太郎に対峙《たいじ》しようとするが、千太郎は一向に動く気配はない。もちろん逃げる気持ちもない。

いままでには見たことがない千太郎の態度なのだろう、鉄は不思議そうな目つきで、

「おめぇさん……侍にしては変わっているな」

「そうかなぁ」

「どこの誰だい」

「だから書画骨董などの目利きをしているだけであるよ」

「…………」

「たまには悪の目利きもやるのだぞ。これはさっきいってしまったか」

「ち……惚けやがって」

「いや、一向に真面目である」

押しても引いても手応えのない千太郎の返答に、鉄はしびれを切らしたらしい、

「死ね！」

匕首を腰溜まりにくっつけて、千太郎目がけて飛び込んだ。喧嘩慣れしているのは、その足さばきでわかった。無駄がないのだ。

「ほう……喧嘩だけではなく、人も殺しているようだ」

「だから、死ねといった」

ひと突きをあっさり逃げられて、鉄は困惑している。

目がお妙に向けられた。

その仕種に、千太郎は身体をお妙の前に出した。

由布姫にお妙をここから連れて行くようにいった。由布姫は頷き、お妙の手を取ると、そこから離れ始めた。

だがその先には吉助が待っていた。

吉助は、鉄ほど荒っぽくはないが、だからといって日記を持ち出されて笑っているほどお人好しでもない。自分の首に縄が打たれると思えば、刃物も使う。

とはいえ、あまり匕首など使ったことはないのだろう、どこかへッピリ腰だった。

由布姫は、あまり相手にならないと見た。それでも治右衛門から借りてきた懐剣に手をかけながら、

「行きましょう」

お妙の手を引いて、吉助の横をすり抜けようとする。吉助もそうはさせじと行く手を塞いだが、由布姫はあっさりとそれを潜り抜けた。

吉助が回り込もうとしたとき、鉄のそばに別の子分が走ってくる姿が見えた。

ふたりは千太郎を無視して、なにやら真剣な顔で話を続けていたと思ったら、吉助を呼んで、

「逃げよう」

と誘った。

吉助はなに？　という顔をしながらふたりのそばに寄った。鉄が吉助になにやら囁いた。

吉助の顔色が変わった。

「消えただと？」

走ってきた若い子分が、慌てている。早くそこから離れたそうにしているのだ。

敵になにか起きたに違いない。

「どうした、その慌てぶりは？」

千太郎が声をかけたが、三人から返答はない。よほど重要な事態が起きたようだが、その中身までは想像がつかない。

さらに問い詰めようとしたとき、三人はその場から立ち去っていったのである。

残された千太郎、由布姫、お妙は、走り去っていく三人の後ろ姿を見ながら、安堵のため息をつきながらも、なにが起きたのか不思議な思いにかられていた。

千太郎は、由布姫とお妙に近寄った。急に敵が消えたので、珍しく戸惑っている様子だが、すぐ気持ちを切り替えたらしい。

「お妙さん。万造たちになにか突発的な揉め事が起きたらしい。この際だから早く、日記を取りに行ったほうが良くはないかな？　奴らに先を越されてしまったら困る」

「……おそらく、見つかりはしないと思いますが、そうですね、千太郎さまのご意見に従います」

「それがいいわね」

　由布姫も賛同する。

「どこに隠しているんです？」

　はい、とお妙は答えてから、一度大きく息を吐いた。いまここで答えてもいいのかどうか、まだ迷っているらしい。

　由布姫も、千太郎も答えを待つ。

　焦って訊いても、本人がその気にならないと意味はない。

「じつは……」

　小さな声でお妙が語りだした。それによると、万造が書いていた日記は、根津権現《ねづごんげん》、稲荷社《いなりしゃ》の奥にある、という。

「そんなところに？」

「そこは、私がよくお参りにいっていたところなのです」

「思い出の場所に隠したということですか？」

　由布姫が問う。

「自然とそこに足が向いてしまっていたのです」

　その返答に千太郎は頷きながら、

「子どもの頃の楽しかった時期を知らず知らずのうちに探していたのかもしれぬな」

「そうかもしれません」

「おそらくは、その頃に戻りたいという気持ちもあったのであろう」

「幼き頃は、よく万造と一緒に歩いていました。その頃は、まだいまのように子分たちを大勢抱えるほどの盗人ではなかったからだと思います」

やがて、鳶の万造の名声が高くなるにつれて、子分が集まり始めた。そして幼かったお妙も、その渦のなかに巻き込まれてしまったのだ。

「では、すぐ根津権現へ行きましょう」

由布姫が歩きだして、すぐ足を止めた。

「あれは、弥市親分ではありませんか?」

大川沿いを進んでくる四角い顔は、確かに弥市だった。例によって口を尖らせているのは、なにか面白くないことがあったに違いない。

弥市は、肩を怒らせながら、千太郎たちの前に立った。なにがあったのか、と問う千太郎に弥市は、なにやら汚い言葉を吐き出して、

「いまから、報恩寺裏に行こうと思っていたところでしたがねぇ」

「それで?」

「万造の野郎が逃げました」

「逃げたとは？」

波平さんからの連絡で、万造とは離れて生活している子分の居場所が判明したというので、すぐその場に行ってみた。

現場に着くと子分たちが、どこか浮き足立っている。もっともそのおかげで、抵抗は思ったより軽く、楽に捕縛することができた。

子分のひとりに、なにがあったのか問うと、万造の姿がどこにも見えなくなったという伝令が鉄たちと一緒にいた子分から届いた、というのである。

若い子分だったというから、おそらくはさっき鉄と吉助に伝令として走ってきた男だろう。

その言葉を聞いて、子分たちの統制が乱れてしまったらしい。一の子分は吉助だが、鉄と一緒にお妙殺しに走り回っていた。そのため、全員がばらばらになってしまったのだろう。

普段ならそんなことはないのだろうが、吉助や鉄の言い方によれば、親分が可愛がっていた女が、自分たちを売ろうとしていると知っては、心穏やかではいられなかったに違いない。

そこに親分の失踪だ、気もそぞろになるのは致し方ないのかもしれない。

「しかし、親分。そ奴らを捕縛できたのなら、それはそれで手柄なのではないか？」

千太郎の問いに、頷きはしたが、

「肝心の万造が消えてしまったんじゃ、どうにもなりませんや」

「吉助や鉄のふたりはどうした」

「奴らは、いま波平の旦那が追いかけています」

波平の本当の名は、波村平四郎《なみむらへいしろう》といい、弥市に手札を与えている南町の定町廻《じようまちまわ》り同心だ。

「波平さんがいるなら、安心だ」

そういって、千太郎は歩きだした。

「どこに行くんです？」

根津権現だと千太郎が答えると、弥市は不思議そうな目つきで、お妙を見る。

「お妙さんが日記を隠した場所だ」

弥市は、お妙をふたたび見つめて小首を傾げる。

「どうにもわからねぇ。万造はおめぇさんを捨てて行ってしまったということになるんだが、どうでぇ、姿を消した心当たりはねぇのかい」

「親分さん。私はあの男を捨ててきたのです」

「それは承知だが……」

万造とお妙はどこかでつるんでいるのではないか、と弥市は心で考えているように
お妙は思ったらしい。

むっとした顔をすると、

「親分さんは、まったくわかっていません」

きつい声で答えた。

「なにがわかっておらぬと？」

お妙の言葉にどこか不審を感じた千太郎が問いかける。

「どうにも不思議なのだが。確かに盗人生活がいやになったのはわかる。だったら逃
げたらそれだけでいいではないかな。それをわざわざ日記を持ち出した。そうなると
万造は確実に捕縛される。そこまで憎いのか？」

「……万蔵がこんな私にしたのです。その恨みです」

吐き出すように、お妙は答えたが千太郎はどうにも割り切れぬ表情をしているのだ
った。

七

静かな雰囲気に包まれた森が見えてきた。

総門からなかに入ると、さすがに弥市も神妙な顔をしている。といっても信心深いからではない。お妙は本当にこんなところに大事な万造の日記を隠しているのか、信用ならねぇ、といいたいのだ。

そのまま進んで行くと、料理茶屋が並んでいる所に出た。弥市はこんな場所に隠すようなところがあるのか、といいたいのだろう、口を尖らせたままだった。

さらに奥に入ると、今度は森に変わった。

気の早い蟬の声まで聞こえてくる。

ところどころぬかるみがあるのは、数日前に降った雨の名残りらしい。

ぐるりと回ると、境内には池や稲荷社、弁天堂などの祠《ほこら》が見えるが、お妙は本堂にも入らず、狭い道を進んでかすかに段差のある道へ向かった。

春なら、境内はつつじの香りに包まれているが、いまは五月下旬。境内は緑に包まれている。

小さな鳥居をくぐると目の前にお稲荷さんの祠が見えてきた。その後ろは、林である。

表側は、参拝客がちらほらを歩いていたが、ここまで来ると人の姿は見えない。

「こんなところに隠したのかい」

弥市が、数歩後ろからお妙に問うが、お妙は、答えず祠の後ろに回った。

「おやぁ？」

弥市は首を傾げる。お妙の足が止まらないのだ。小さな林を抜けると、またさらに通路があり、左に曲がった。

「あれか！」

こんもりとした高台が見えてきて、その下に稲荷社の屋根が見える。だが、不思議なことに赤い鳥居が見えない。いや、上部だけが見えていた。かすかに低くなった場所に稲荷社が建っているらしい。

面倒なところに隠したものだ、と弥市は毒づきながら、お妙の後ろからついていく。そばにいて逃げられるのを警戒しているのだ。少し離れていたら、先回りができる。

そんな弥市の思惑などまったく気にせずに、お妙は祠の後ろに回った。千太郎と由布姫はお妙を見守っている。

「このあたりです」

誰にいうともなく、お妙は祠の後ろにある松の木の下を探っている。ちょうどそこには、小さな石があり穴が空いていた。

その穴の奥に、お妙は手を延ばした。

「そんなところかい」

呆れたような声を出した弥市に、由布姫はいい加減にしてくださいよ、と注意を促す。

「いまが肝心なところなんですから」

大事な日記を取り出すところだ、といいたいのだ。

口を尖らせて、弥市はじっとお妙の手の動きを見つめている。

なかなか手が止まらない。そんなに穴が深いとは思えない。やがてお妙の目に焦りが出てきた。

何度も何度も、穴のなかを探るが、目当ての物を摑んだ様子は見えないのだった。

後ろに立っている弥市が、千太郎の横にやって来て、やはりありませんぜ、と囁いた。もちろん、本当はあったほうがいいに決まっている。

だが、目の前にいるお妙の顔つきを見ていると、日記が消失したのは疑いない。

ほら見ろとでもいいたそうに、弥市は千太郎の袖を引っ張った。ついでという雰囲気で由布姫を見つめてから、

「おい、ねぇのかい」

怒っているのか、がっかりしているのかどちらとも取れるような声だった。

その声にお妙はもう一度石の穴の中へ手を入れて、ごちょごちょ探しまわったが、やがて大きく息を吐いて、ありません、と呟いた。

三人からも同じようなため息が流れた。

特に弥市は、口ではなんだかんだといいながらも、日記を使って鳶の万造という盗人一味を捕縛できる、と野心を持っていたに違いない。

そのあてが外れて、口の尖り方が一段と大きくなってしまった。もぐもぐと意味不明の言葉を吐き続けている。

「こうなったら仕方がない。ここに隠しそうだと知っている者がいるはずだ。誰かが偶然見つけて、持ち出したとは思えぬ」

千太郎の言葉に、由布姫も同調しながら、

「たぶん、万造ではありませんか？　子どもの頃ここの境内に来ていたのでしょう？」

「……そうかもしれません。うかつでした」

お妙の声は蟬の声にかき消されそうなほど小さい。弥市はもう言葉を失ったままである。気持ちを落ち着けようとするつもりなのか、懐に手を突っ込んで十手の柄を握っているのだった。

千太郎はこうなったら、万造を探すしかないだろう、といおうとしたときだった、大きな声が聞こえてきた。こんな神社のなかで無粋な声を出すのは誰か、と耳を澄ますと、

「あれは、波平の旦那です」

弥市が十手を取り出して声の方向を差しながら、こっちですと叫んだ。清浄な神社のなかで、このふたりはなにをするのだ、と由布姫が苦笑していると、

「千太郎さん……」

急いできたのだろう、波平の額から首にかけて、汗が噴き出している。汗で濡れた頰を袂で拭きながら、

「やっと見つけました」

「なにがあったんだ、そんなに汗をかいて」

波平は、ふとお妙の顔を見てから、ちょっとと言って千太郎を道の端まで引っ張っ

た。

　ゴニョゴニョと耳元で囁いていると、千太郎がのけぞりそうになる。

「本当かそれは？」

「こんな嘘をついても得になりませんや」

「ふむ」

　由布姫にも弥市にももちろんお妙にも、ふたりの内緒話は聞こえていない。どうして千太郎がのけぞったのか？

「早く行きましょう！」

　由布姫が尋ねようとしたが、波平の強引さに負けてしまい、質問する機会を失ってしまった。

　境内を速歩で総門のほうへと向かって進んで行く。仕方なく由布姫たちは、後を追うしかなかったのである。

　波平こと波村平四郎が向かったのは、上野のお山の下にある自身番だった。すぐ後ろ側には東叡山《とうえいざん》寛永寺の伽藍《がらん》が空にそびえている。

　江戸の庶民は、あまりこのあたりは歩きたくない。なにしろ将軍様が眠っている寺のすぐそばだ。

桜の時期には、この界隈は大勢の人が花見に集まるのだが、騒ぐことができない。そこで、飛鳥山《あすかやま》など大騒ぎができるところへ行く。

寛永寺そばの自身番に入ると、ぎゃ！　という声が聞こえた。叫んだのは、千太郎でもなければ由布姫でもない。もちろん弥市でもない。お妙が驚愕の目で叫んだのだった。

「どうして……？」

数呼吸の間《ま》を経てから、ようやくお妙が言葉を絞り出した。

なんとそこにいたのは、万造だった。

「どういうことなんです？」

弥市が波村平四郎に問うた。

「奴が自分からここにやって来たんだ」

「はい？」

意味がわからないというふうに、弥市はもう一度波平を見つめる。千太郎に解説でもしてもらおうと思ったのだろうが、

「私もいま来たところだぞ」

という返答だ。弥市は事態をよく飲み込めずにいる。

万造らしき男は、静かに板の間に座っていた。お妙が肩を上下させている姿を見て、おもむろに立ち上がった。

「よかった」

「なにが……」

言葉を選ぶことができないのだろう、お妙は、餌を求める魚のようだった。

お互いどんな言葉をかけたらいいのか、見つからずに睨み合っているだけだったが、その内容はまるで異なっていた。

お妙は恨みの色を全身から発していたが、万造は穏やかだった。これが鳶の万造といわれた稀代の盗人にはどうしても見えない。

弥市は波平に確かめた。本当に万造なのかどうか疑わしくはないのか……。

波平の答えは揺るぎなかった。

「万造だ。人相書に書かれある特徴とも一致した。背中に、以前追われたときにつけた刺股《さすまた》の傷がある。傷の位置も間違いない」

「さいですかい」

がっかりしたのか、安堵したのか、これまたどちらとも取れる返答だった。

弥市としては、先程からなにが起きているのか、頭が混乱しているだけなのだろう。

「じゃ、あの例のやつは？」

お妙が隠した日記は根津権現の石のなかにはなかった。誰かが持っていったはずだ。それが、お妙は万造ではないか、と答えていた。本当にそうなのかはっきりさせなければ、いまのままではすっきりしない。

「それはここにある」

答えたのは、波村平四郎だった。

八

どこから出すのかと思っていると、波平はすぐそばにいる書役《かきやく》に合図を送った。白髪頭の書役は、一度頷いてから、文机《ふづくえ》の下に隠すような形で置かれていた、書付のようなものを波平に渡した。

白っぽい表紙にはなにも書かれていない。

波平はそれを千太郎に渡した。中身を千太郎は確認した。ある程度、なかを読んでから、頷くと今度はそれをお妙に渡した。

おずおずとお妙は手にすると、やはり中身を確認してから、今度は由布姫に渡した。

手を出しかけた弥市が、口を尖らせる。

由布姫はさっと見てから、弥市に差し出した。

ようやく手にすることができた弥市は、ていねいになかを読んでいく。

「これはすげぇや。いままで誰が押し入ったのかわからずにいた件まで記されているんて」

ようやく弥市の機嫌がよくなった。

お妙の目には、涙が浮かんでいる。

「どうして……？　どうして、こんなことを？　まさか自分から自身番に飛び込むなんて」

唇を震わせながら、お妙は万造に問いかけた。万造は、じっとお妙を見つめながら、かすかに前に出た。

「お前を殺させるわけにはいかなかった。吉助はともかく、鉄はお前を見つけたら殺すと息巻いていた。やつを止めることはできないと思った……」

「…………」

「この日記には、鳶の万造一家のことが事細かく書かれてあるのだからなぁ」

「後悔しているんでしょう」

「いや、お前のためだ。娘の命を守るためだ。いままでお前には一度として、親らしい情は掛けたことがなかった。それを最後に取り戻したかったのだ」

「娘だと！」

大きな声で叫んだのは、弥市だ。同じように千太郎も由布姫も啞然とした表情である。だが、すぐ千太郎は、うんうんと頷きながら、

「なるほど、それで解けた。万造の話になると、お妙さんの態度が妙な雰囲気になるときがあった。こちらは、手塩にかけられて万造の女にされていたのだろう、と思って見ていたのだが、なんと娘だったのか。稀代の盗賊がどうして女の子を拾って育てていたのか、そこに疑問があったのだが得心がいったぞ」

「騙《だま》してすみませんでした。でも、私が万造の娘だとは知られたくなかったのです」

「あなたの気持ちはわかりますよ。父親が盗人などとはいいたくないものですからね。心のなかでは、いい父親の面影が残っていたのでしょうねぇ」

由布姫がやさしく声をかけると、お妙はかすかに頷き、そして万造に訊いた。

「根津権現のあそこに隠したとすぐ気がついたの……」

万造は、頰を緩ませ、

「あぁ、あの頃は楽しかったからなぁ……」

大盗人の目つきではなかった。

親娘の気持ちがつながった、とそこにいる全員が安堵しているようだった。

鼻をぐずりながら、お妙が続けた。

「悪いとは思いました。でも、父親になんとか普通の生活をしてもらいたい、と思い始めたんです。だから日記を取り出して逃げました。逃げながらもこれでよかったのかどうか、自分の父親を売るようなことをしていいのか、悩み続けていました」

「それでときどき憂いを見せていたんですかい」

弥市が、疑問の解けた顔をする。

「妙……悪かったと思ってたぜ。お前だけは盗人の仲間なんぞにさせたくはねぇ、と思いながら育ててきたんだがなぁ」

顔を伏せて袂を目に当ててるお妙を見ながら、

「ご迷惑をおかけしました……」

万造は自分から手を前に出し、頭を下げた。すると、波平が一歩前に出て、

「自分から出てきたんだ、お上《かみ》にも情けはあるぜ。それにお妙さんが日記を差し出すには、おめぇの命の保証が条件だともいっていたからな。それを自分で差し出したんだ、命は俺が預かるから心配はいらねぇ」

万造とお妙はていねいに頭を下げ、うれしそうに目を合わせた。

波平が弥市に合図を送る。弥市は捕縄を取り出して万造を縛った。だが、それは形だけの結びかただと誰もが気がついている。次にお妙の前に行った。波平の手首が横に振られていた。弥市は、縄を引いた。

鳶の万造は盗人としては、まともだった。悪人にまともはねぇだろうが、少なくても女に対してもイヤな野郎ではなかった。

――なんとなく救われた気分だぜ……。

弥市は、縄をぶらぶらさせながら、心で呟いていた。


自身番を出た千太郎は大きく伸びをした。空は青く、道端の緑が目を刺激する。万造は捕縛され、逃げた子分たちもあの日記で一網打尽になることだろう。

普通なら万々歳のはずだが由布姫は沈んだ顔つきだった。千太郎にしても由布姫の心のなかを推し量ることはできたが、あえて声はかけない。

万造親娘は所詮、盗賊である。

「根津権現に行こうか」

千太郎が誘いの言葉をかけた。

「いいわね」

「いつまでもそんなに機嫌が悪いと私が悲しくなる」

「……なんですって？」

「機嫌が悪いと……」

「悪くなどありませんよ」

「よくもなさそうだが？」

「根津権現はやめます」

「それは残念」

「稽古をしたいのです。剣術の稽古を久々にね。いまの気持ちを吹き飛ばすには、少し汗をかかねば」

「それはいい考えだ」

いきなり千太郎は、由布姫の鳩尾《みぞおち》に拳を撃とうとした。由布姫がさぁっと逃げ、いつの間にか手にはかんざしを逆手に握っていた。

「さすが」

ようやく由布姫に笑みがもどった。

「これで、青い空と緑を楽しめるぞ」

千太郎の言葉に由布姫は、そうですねと答えた。

第二話 岡っ引きの涙

一

深川の信三《しんぞう》は、どちらかといえば生意気だけが取り柄だった。

大して腕こきとはいえない御用聞きだった。

住まいは深川櫓下《やぐらした》。冗談であのへんの女郎は全員自分の女だ、などというのがご愛嬌であった。

そのせいか、ずっと独り者で一度も嫁取りをしたことはない。

十手持ちが女房などを持ったら、働きが鈍るというのが持論だった。

その信三が四十五歳になったとき、深川から忽然《こつぜん》と姿を消した。

理由は、誰も知らなかった。

信三に手札を与えていたのは、北町の定町廻り同心、近藤峰十郎《こんどうみねじゅうろう》だった。取り立てて手柄を挙げるような同心ではなかったが、その堅実な探索が評判であった。

ふたりは、峰さん、信さんと呼び合うほどの仲だったはずだが、信三が姿を消した理由はまったく聞いていなかった。

原因も予測はつかないと首を捻っていたのだった。

その信三から弥市に伝言が渡ってきたから、驚いた。

すぐ近藤に伝令を送った。

弥市が手札をもらっているのは、南町の波村平四郎だが、南町だ北町だと縄張り争いをする気はない。

不思議なのは、弥市と信三はそれほど顔見知りというのではなかったことだ。たった一度だけ、南から北へ月番が変わるときに、探索し残した詐欺師《さぎし》の特徴を話し合ったくらいである。

その詐欺師はすぐ捕まったが、手柄を上げたのは信三ではなかった。ようするにその程度の力しかない男だったということだろう。

ある日、弥市が山之宿の塒《ねぐら》に戻る前、奥山《おくやま》の知り合いの居酒屋で疲れを取っていたときのことだった。

「あの小僧、親分を探してるんじゃねぇかい？」

酔っ払った赤い顔で弥市に告げたのは、不忍池《しのばずのいけ》のそば池之端《いけのはた》の長屋に住む、大工の今助《いますけ》という男だった。

「なんだい？」

いい調子で飲んでいた弥市は、顔を捻った。

その目に入ってきたのは、まだ十歳を超えたばかりと思える子どもである。

弥市の顔を見ると、にこりとしてこちらに寄ってきた。

「こんな刻限に子どもが歩いていちゃぁいけねぇなぁ」

「まだ暮六つを過ぎたところだぜ」

小僧は、笑った。

おそらく不忍池界隈でとぐろを巻いている浮浪児だろう。近頃、親から捨てられた子どもたちが集《つど》って、悪さをしているという噂があった。

「小僧、なにか用か？」

「小助《こすけ》だ」

「なに？」

「俺の名前。小助って名前があるんだ。小僧じゃねぇ」

「その小助が俺になんの用事があるんだ」

「これを渡してくれって頼まれた」

「誰にだ」

小助は、小さく丸まった紙つぶてを持っていた。

「ただ、これを渡せっていわれたんだ」

「だから、どんな男だった」

「貧乏くせぇやつだったなぁ」

「……お前みたいな小僧にそんなことをいわれるようじゃ、たいした野郎じゃなさそうだ」

「ただ、目つきは悪かったぞ」

「掏摸《すり》かな？」

「そんなんじゃねぇなぁ。あれは人を信じていねぇ目つきだ」

こまっしゃくれた小僧だと弥市は毒づきながら、紙つぶてを広げていく。手習いで使うのと同じくあまり上質な紙ではない。なんとなく全体に赤みを帯びているのだ。

くしゃくしゃになった紙には、

「明日の午《うま》の刻、深川八幡裏まで来てくれ　信」

と書いてあった。

信、とは信三のことだと気がつくまで、三回くらいの呼吸が必要だった。

こんな内容なら、口づてでもいいのではないかと思ったが、一緒に飲んでいる連中に聞かれたくなかったのかもしれない。急に江戸の住まいから姿を消した奴のことだ、そのくらいのことは考えている。

席に戻ると、今助がえっへへとと下卑《げび》た笑いを見せた。

「山之宿の親分も隅に置けねぇ」

「なんだと？」

「あの小僧、親分の隠し子でしょう」

「天地がひっくり返りそうなことをいうんじゃねぇ」

「おや？　違いましたかね」

「当たり前だ。あんな小僧を女に産ませた覚えなんざねぇよ」

「じゃぁ、女からの呼び出しでしょう。隠し子がいるから迎えに来いと」

「いい加減にしねぇかい」

もちろん、酔った上での冗談だとはわかっていても、面倒臭くなった弥市は、帰るぜといって居酒屋を出た。

空は薄墨色に変化している。

下弦《かげん》の月が顔を出して夕焼けと混じりそうになっていた。奥山の喧騒はまだ続いている。どこぞの芝居見物から出てきたのか、蝦蟇《がま》の格好をした男と、半裸の女が走り去っていく。

奥山ではこんな風景もそれほど珍しくはないが、夕焼けと三日月を一緒に見られることなどあまりない。

「嫌な空だぜ」

弥市はひとりごちると、奥山から浅草広小路に向かって歩みだした。


翌日、午前中は波村平四郎と組になって、浅草界隈から神田周辺の見廻りをしてから、深川八幡《はちまん》に向かった。

深川は埋立地のせいもあり、あちこちに掘割や溝のような下水が流れている。なかには不届きな野郎がいて、その水辺に塵《ごみ》などを捨てる。そのせいでときどき、塵溜めの臭気が漂っていた。

一の鳥居、二の鳥居と過ぎて八幡様の入口に立つと、弥市は周囲を見回した。信三らしき男がいないか確かめたのだ。

約束は八幡様の境内を抜けた奥のところだ。近くにいるとは思えないが、念のためということもある。

境内は、善男善女でごった返している。

浅草寺とはまた異なった雰囲気を感じながら、弥市は境内を奥へと進んだ。

参道の左右には、葭簀《よしず》張《ば》りの床店が並んで、それぞれ大きな声で客引きをおこなっている。その声にときどき足を止めた。別に買い物をしようというのではない、あからさまな動きに見られないようにしたのだ。

浅草界隈と異なり、このあたりでは弥市の顔を知る者はいない。それでも、八幡様に来て目くじらを立てて歩いていたら、周囲からなにごとと不審に思われても仕方がない。そんな危険を避けたのだった。

本堂の前で、形ばかりでもお参りをした。

そのとき、時の鐘が午《うま》の刻を告げた。

約束の刻限だった。

信三と思える男からの文には、深川八幡裏とは書いてあったが、目印のような場所は書かれていなかった。

仕方がなく弥市は、近所をうろつくことにした。八幡裏といっても広い。

あまり動き回るのもおかしなものだろう。弥市は本堂の裏で半分脚が折れているような縁台を見つけ、それに腰を下ろした。

風が通り抜けて、気持ちが良い。

山下にある片岡屋の離れも縁側で庭の草花などを見ていると、気持ちのいい風が通りすぎて行く。

なるほど、千太郎はこんな風情《ふぜい》を楽しんでいるのか、と妙な感心をした。

やせ細った犬が、はぁはぁと舌を垂らして弥市の足元にやってきた。餌でもねだっているらしいが、そんなものは持ち合わせていない。それに弥市は動物があまり好きではないのだった。

嫌な顔をしながら、犬を追い払っていると、

「久しぶりだな」

しわがれた声が聞こえて、弥市は顔を後ろに向けた。背中側は生け垣になっているのだが、その隙間から真っ黒で皺《しわ》だらけの顔がこちらを見ている。

「信三さん……」

「なにやってるんだい、そんな場所で。ちょっと、こっちに回って来れねぇか」

顔をくいと動かして、こちらに来るように促した信三に、相変わらず失礼な男だと

弥市は心のなかで毒づく。

自分で呼び出しておいて、なにやってるんだはねぇだろう。

弥市は、まだ目の前にいる犬を蹴飛ばす仕種で追いやってから立ち上がり、

「生け垣が邪魔でそっちには行けねぇぜ」

「……あぁ、そうだな」

信三は、また顔だけくいと動かして、自分がそちらに向かうという仕種を見せる。

こちらに入ることができる場所があるのだろう。ゆっくりとした動きで信三は、生け垣から姿を消す。

しばらく待っていると、横ちょから横歩きでこちらに向かってきた。参道に転がっている賽銭《さいせん》を探す夜中の盗人という風情だった。

「足が悪いのかい」

あまりにもおかしな歩き方をしていると弥市は首を傾げる。

「あぁ、ちょっとな」

詳しくは答えない。

「ちょっと江戸から離れている間に、山之宿……いい顔になっているらしいじゃねぇか」

「……嫌味をいいたくて呼び出されたんじゃ、帰るぜ」

「ふん。そんな言い草も堂に入っているな。俺がこのあたりで威張っている頃は、そんな返答はなかったと思うがなぁ」

「人は変わるんだ」

「そうかい」

信三の嫌味にいつまでも付き合う気はなかった。

「面倒なことをいうなら、本当に帰らしてもらうぜ」

「まぁ、待てよ。気を悪くしたら謝る。ちょっとばかし、荒れた連中と付き合っていたもんでなぁ。つい、くだらねぇよけいな言葉を吐いてしまうんだ」

「江戸にはいねぇのかい」

「まぁな。それについちゃ、あまり話したくねぇんだ。だからどうして江戸から消えたかも訊かねぇでくれ」

皺だらけの顔を見ていると、江戸から離れてどんな生活をしているのか、大体は想像ができた。

ろくな生活ではないのだろう。

二

本堂の前まで戻ったふたりは、参道に並ぶ店を冷やかしながら、表通りに出た。

信三は、懐かしそうにあちこちに目を配っている。このあたりは以前、縄張りだったのだ。

参道の入り口横にある団子屋の匂いを嗅ぎながら弥市が訊いた。

「で、信三さん。どうして俺を呼び出したんだい」

「まぁ、待ちねぇな」

そういって、また首をくいと動かした。

その先には、団子屋があったがその店を差したわけではない。その先にある料理屋に顎は向いているのだった。

板塀に囲まれた店である。信三がこのあたりを見回っていたときに、付き合いのあるところのように見えた。

だが弥市は、いまだにこのあたりで自分の力が及んでいるつもりでいる信三が心配だった。江戸っ子はすぐ忘れる。六年も前にいた男のことなど、覚えているだろうか。

そんな不安をよそに、信三は自信満々で茅葺き屋根の門を潜った。

少し離れながら弥市も続いた。本当はそばにいたほうがいいのかもしれない、と思ったが、なんとなく離れたままでいたかったのだった。

上り框《かまち》に座って、偉そうに女将はいるかい、と問うが女中は首を傾げて、どちら様ですかと訊いた。その態度に信三は顔を赤くして、名前を告げたが女中はまったく動《どう》じない。

「近頃、おかしな客が多いのです。それに初めてのお客さんは、きちんと名前を聞くようにと女将さんにいいつけられていますから」

信三は俺の名前を知らねぇのか、といきり立ったが、それでも女中は知りません、とにべもない。

「女将を呼べ！」

とうとう信三は、上り框から立ち上がって、怒鳴り散らし始めた。

「信三さん、みっともないからやめましょう」

見かねた弥市が後ろから声をかけたが、火がついてしまったのか、信三はうるせぇと叫んで、弥市にまで怒鳴り始める。

そこに、若草色に桃色の花小紋を散らした小袖に、利休茶の羽織を纏《まと》った女がしず

しず廊下を歩いてきたと思ったら、

「まぁ、親分さんでしたか」

その問いかけに、信三は喜ぶかと思ったら、目をしょぼしょぼしている。

「誰だい、おめぇさんは？」

「はて……そちらこそ、どちらさまです？」

「なんだと？　いま親分さんと呼んだじゃねぇか」

その返答に女将はげらげらと笑いだし、

「親分さんは、そちらの方でしょう。山之宿の親分さんですよねぇ」

弥市を見て、親分さんと声をかけたらしいと気がつき、信三は、呆然としている。目が泳いだのは女将の顔を知らなかったからだろう。さらに、弥市を親分と呼んだと説明を受けて、

「人を馬鹿にしやがって」

框を蹴飛ばしそうな勢いだった。

このままではしょうがない。弥市はなんとか信三の気持ちを落ち着けさせようと、そばに寄る。だが、怒り狂っている信三に、その気持ちは通じない。

「やい、山之宿の。おめぇはこんな縄張りちげぇのところまで出張って、威張り腐っ

ているのかい。いつの間にそんなに偉くなったんだ」

「偉くなんぞなっていねぇ。たまたまこちらの女将さんがあっしのことを知っていただけだろう。そうだろう？」

弥市は女将に助けを求めるが、当の女将はなにが起きているのか、きょとんとしているだけだった。仕方なく、弥市は信三が元このあたりを縄張りとしていた御用聞きだ、と説明をした。

「あら、そうだったんですか。お顔を拝見したことがありませんでしたもので。失礼いたしました」

心から謝っている様子ではない。眉をひそめる表情に信三も気がついているようだが、諦めたのか、それ以上暴れることはなかった。

弥市は知らなかったのだが、女将は滝《たき》という名前だった。話をしてみると、信三が知っていた女将は引退していた。そのときの店主は、いまの店主に店をそのまま居抜きで売った。

いまの主は両国で両替商だという。

金を扱う人間は、ちょっとした悪事にも気を使う。

そのためか名だたる江戸の御用聞きの動向は見知っているというのだ。

「山之宿の親分の評判は、このあたりでも知られていますからねえ」

照れくさそうにする弥市に、信三はもうよけいな反応は見せない。自分の名前も顔も、すでに江戸では通用しなくなったと気がついたのだろう。

お滝はそれでも老舗《しにせ》の料理屋で女将を張っている女だった。信三の顔を潰《つぶ》してはいけないと考えたのだろう、

「親分さん、では、こちらへお上がりください」

知らぬふりをしている信三に声をかけた。

親分さんと呼ばれて、信三の機嫌は元に戻ったらしい。首を撫でながら、お滝の案内についていく。

以前の店とは造りが変わったのか、足元はおぼつかない。足が悪いとお滝は気がついたのか、階段をゆっくりと登る。

案内されたのは、二階の角部屋だった。

通路側は障子戸になっていて、開くと外が見える。お滝が戸を開くと外から気持ちのいい風が舞い込んできた。

「江戸の匂いがするぜ」

深川を走っている掘割やら下水から漂う臭気だった。弥市はあまり好きではない。

弥市は、料理はいらねぇお茶だけでいい、と断った。儲けのねえ客ですまねぇなぁ、というと、お滝はにこやかに、

「親分さんなら、いつでもどんなときでも歓待いたしますよ。その代わりといってはなんですが、こちらが困ったときにはよろしくおねがいしますよ」

さすが、老舗を任されるだけの女将である。如才《じょさい》がない。

お滝の姿が部屋から消えると、

「信三さん。話を聞きましょう」

「あぁ、悪いな……なんだかおめぇの貫禄に負けてしまいそうだぜ」

「そんなことはねぇよ」

以前は、信三のほうが名も売れていたのだ。

「……木隠れの浜五郎《はまごろう》って野郎の名前を聞いたことがあると思うんだが？」

「木隠れの浜五郎……」

「あぁ、元は侍だったらしいんだが、その腕を使って辻斬りを働いていた野郎だ」

「あぁ、思い出した」

「俺は、野郎を捕縛寸前まで追い詰めたんだが、既《すんで》のところで逃げられてしまったこ

とがある。それが心残りで仕方がなかったんだ」

「そうですかい」

木隠れの浜五郎という辻斬りがいたという話は聞いているが、弥市はその捕物に関わったことはなかった。

人が倒れていたのは、おもに深川界隈だということもあった。

「その野郎が、一度江戸からどこかに逃げていたって話だったんだがな。じつは、俺が江戸から消えたのは野郎を追いかけていったからだ」

「へぇ、そうだったんですかい。でも、そこまで入れ込んだにはなにか理由があると思うんですが？」

「あぁ、深川の三十三間堂の前で辻斬りが起きたときに怪我させられたのが、俺の知り合いでなぁ……」

遠い目をする信三に、弥市はこれはただの知り合いではなかったのかもしれない、と推量する。

ただの知り合いが怪我をさせられ、金子《きんす》を盗まれたからといって、わざわざ追いかけて江戸を売るほど真面目な御用聞きではなかったはずだ。

「信三さん、なにか裏があるね？」

下から見上げるような目つきをする弥市に、信三はそんなことはねぇよ、と答えたが、その顔には隠し事があると描かれていた。

弥市は信三がどうしてそんな話を始めたのか、だいたい予測はついた。また、どうして自分を訪ねたきたのか、それについても推量することができた。

おそらくは、弥市に辻斬りを捕まえる手伝いを頼もうというのだろう。しかし、なぜそんなに仲が良かったわけではない弥市に話を持ってきたのか。

そこが疑問だと訊いた。

「あぁ、それはなぁ。話は簡単だ。いま、江戸で誰が一番勢いのある御用聞きか、調べたら、おめぇさんの名前が浮かんだってわけだ」

「それは嬉しいことだが、本当かい」

「山之宿の……疑い深くなったんじゃねぇかい？　おめぇさんはいまじゃ、江戸じゃ一番の捕物上手だって有名だ」

「そんな話は聞いたことがねぇ」

本当だった。そんな話は本人には入ってこない。

「まぁ、いいや。そういうことだと思ってくれたらいいってことよ。信じられねぇならそれでもいい。俺は野郎を捕まえることができたら、それでいいんだ。江戸を離れた目的がやっとここに来て、なんとかすることができそうになったんだからな。それしか裏はねぇよ」

しばらく考えて、弥市はそうかいと答えた。そう返事をするしかなかったからだ。

「で、なにかその木隠れの浜五郎の塒《ねぐら》でも見つけたってのかい？」

「いや、まだそこまではいっていねぇが、なに、すぐ見つかることだろうよ」

「なにか手づるでも？」

「まぁな……」

ふっと浮かべた皮肉な笑みが弥市は気になる。どうしてもなにか隠しているのではないか、と思ってしまう。

三

しとしと降る雨音がのんびりとした音色に聞こえる者がいれば、軒に当たる音がうるさいと感じる者もいる。

この片岡屋にはその二種類の男がいた。ひとりは千太郎でもうひとりは治右衛門だ。もちろん前者が千太郎で、後者が治右衛門である。

だが、その間を取って気持ちが良くなったり、やかましいと愚痴《ぐち》をこぼす者がいた。

弥市である。

「親分、どっちなんです？」

笑いながら、由布姫がなにやら繕《つくろ》い物をしている。針仕事などができるのか、と弥市は半分感心顔で、由布姫の器用に動く指を見ながら、

「いまの話を千太郎の旦那が聞いていたのかどうか、そっちのほうが知りてぇ。雨音がどうしたとかこうしたとか、そんな話はどうでもいいじゃねぇですかい」

「それで、気持ちが良かったり、悪かったりといったんですか？」

「せっかく人が面白ぇ話を持ち込んできたのに、しれっとしているからですよ。まったく……」

口を尖らせながら弥市は、毒づいた。

「親分の話がなにをいいたいのかよくわからんから、雨音を聞いていたほうがいいといったまでのこと。それ以外の他意はない」

だから気にするな、といいたそうな千太郎に、

「まぁ、わからねぇでもありませんね。第一、話をしているあっし自体がよくわかっていねぇ」

「そんな曖昧《あいまい》な話をしていたのか」

千太郎は、苦笑する。

「雪さんは聞いていましたよねぇ」

「わたしは関係ありませんよ」

冷たい返答に、弥市は空咳をしながら、

「ようするに、その木隠れの浜五郎に縄を打ちてぇ。だが、自分ひとりじゃ心もとないから、助けてくれ、という話ですよ」

「だが、親分はそれだけではなくなにか裏があるのではないか、と思っているのであろう？」

「なんだ、聞いていたんじゃねぇですかい。そうなんですよ。江戸から逃げた話もよくわからねぇ、本当にその浜五郎という辻斬りを追いかけて行ったのかどうか。もしそうだとしたらいままで浜五郎はどこにいたのか、信三自身もどこにいたのか、それをはっきりいってくれねぇから余計まどろっこしいんだ」

「まぁ、いままでどこにいたのか、それはどうでもよい。むしろ、いま頃になって江戸に戻ってきたほうが問題ではないのか？」

「あっしもそう訊いたんですけどね。浜五郎を捕縛してぇと、それだけしかいわねぇんですよ」

「それで、親分はどうしたのだ」

「乗りかかった船ですからね。手伝おうとは答えたんですが、どうにも腑に落ちねぇ。それでね……」

そこで弥市は、一度息を止めた。

「じつは、ある女が訪ねて来たんですが、それが誰か分かりますかい？」

「わかるわけあるまい。なんだ、親分にもその昔別れた女房でもいたのか」

「まさか。そんな女がいたらあっしが自分で逢ってみてぇもんだ。そんなんじゃありません。なんと、信三さんの娘だっていう人でした」

「そんな娘がいたのか」

「あっしもね、聞いたことはありませんでしたからね、本当かと疑ったんですが、三歳くらいのときに別れてしまった、というんですよ」

「その娘さんがどうして親分を訪ねてくるんです？」

手を動かしながら、由布姫が問う。

「雪さん、よく訊いてくれました。まずは父親が訪ねて来なかったか、というんです。なにが目的なのかわからねぇからね、あっしは、どうしてだい、と問い詰めたんですがね」

「ほう。で、娘さんはなんて答えたんだ」

　にやにやしながら千太郎は、半分からかっている。

「嘘だと思っていますね。あ、そんな顔をしてもいけませんや。その娘はお伝《でん》といって、本当にいる娘ですから……」

「なにも嘘だとはいっておらぬ。ただ、その娘の話をするとき、親分の顔がほころんでいるから、笑っただけではないか」

「そうでしたかいねぇ。まぁ、そんなことはどうでもいいです。問題は、そのお伝という娘が、おかしなことをいうんです」

「おかしなこととは？」

「お伝は、木隠れの浜五郎のことを知っていました。それはいいんですが、父親はその男に取り憑《つ》かれてしまって、本当のことが見えなくなってしまったのだ、というんです」

「本当のこととは？」

「あっしもね、どういう意味かと訊いたんです。すると、木隠れの浜五郎というのは、江戸から離れたことはねぇっていうんです」

「よくわからんな。信三は浜五郎は江戸を離れたからそれを追っていったというわけであろう？」

千太郎の疑問はもっともだった。

「あっしもね、それを聞いてどうもおかしいなぁ、と思ったんですけどねぇ。お伝という娘のいうこともこれまた、本当のことかどうかがはっきりしねぇ」

「で、いま、信三さんはどうしているんです？」

「それが、江戸に戻ってきてからの塒がどこなのか、寝泊まりはどこでしているのか、それも教えてくれねぇ。どんな探索をしているのかもわからねぇ。わからねぇことばかりで、頭痛が止まりませんや」

「で、どうしたいんだ親分は？」

千太郎の声はそれほど興味を持っているようではない。

「そのままにしておくわけにもいかねぇと思ってますからね。まずは辻斬りについて調べてみてぇなぁと」

「波平さんが知っておるかもしれんぞ」

「どうでしょうねぇ。深川についてはそれほど詳しくはねぇと思いますが」

十手をいじりながら、弥市は波村平四郎に問いかけてみると答えた。

千太郎は、じっと目をつぶっていたが、

「その娘さんの住まいはどこなんだ？」

「両国広小路、回向院裏にある長屋だっていってました。確か、小兵衛《こへえ》長屋だとか」

大家《おおや》が小兵衛というのだろう。

「じゃ、そこに行ってみるか」

「お伝と逢うんですかい？　どうせ逢ってもあまり大した話はしてくれねぇと思いますがねぇ」

「してくれるかどうか行ってみなければわかるまい？」

「道理が通るような女じゃなかったですから、そういったまでのことですよ」

と、由布姫が針で髪を梳《す》きながら、

「私も行ってみましょう。聞いていても話がまったく見えてきませんからねぇ。私も少し心を動かされました」

いいでしょう？　という許しを乞う目で千太郎に体を向けた。

波平を探してみる、という弥市と別れて千太郎と由布姫は、片岡屋を出た。離れからそのまま表通りに出ることはできるのだが、一応、治右衛門に断る必要がある。

珍しく千太郎は帳場に回った。

治右衛門は、例によって仏頂面をしながら十露盤を弾いている。客はひとりもいなかった。

「どうしました?」

「治右衛門さんの目は地獄目だな」

「なんですって?」

顔を上げて、千太郎と由布姫を見比べる。

「地獄耳ならぬ、地獄目だっていうんですよ」

由布姫が笑いながら答えた。

いつも機嫌の悪そうな顔つきをしている治右衛門だが、由布姫だけにはそれほどきつい目つきは見せない。

「そうですか」

「ところで、訊きたいことがあるのだが」

「…………」

千太郎には答えない。

「深川で辻斬りがあったという話を株仲間などから聞いたことはないか」

「ありますよ。いまからもうだいぶ前のことですけどね」

「どんな話か覚えていたら教えてもらいたい」

「ただの辻斬りでしょう。食い詰め浪人だろうという話でしたけどねぇ」

治右衛門は、それほど詳しいことは知らない、といいながらも、見るからに尾羽打《おはう》ち枯らした浪人風情《ふぜい》の侍がひとりでやったことらしい、と語る。

「弥市親分さんのほうが詳しいのではありませんか？」

「親分は、深川のことなのであまり知らぬらしいのだ」

「そうかもしれませんねぇ。確か三件くらい続いたはずですが、でも、それからはまったくその話を聞かなくなりましたから、割が合わないとでも考えて中止したのだろう、とよく笑っていましたよ」

「まさか、知り合いが襲われたようなことはあるまいなぁ」

治右衛門は返事をせずにまた顔を十露盤に向けてしまった。そんな話は聞いたことはない、と暗に答えたのだろう。

千太郎が、外に出ようとすると、

「深川は柄《がら》の悪い連中が集まっていますからね。気をつけてくださいよ。離れの家賃をもらっていないのは、目利きをしてくれているからですから。家賃分はまだ働いて頂いてません」

真面目な声でいうから千太郎も由布姫も苦笑するしかなかった。

外に出ると、雨がぱらぱらと降っている。小雨だから濡れてもそれほど気にはならないだろうが、顔に霧が振りかかるから鬱陶《うっとお》しい。

「傘を持ってきましょう」

由布姫が戻って、蛇の目傘を一本持ってきた。不思議そうな顔をする千太郎に、由布姫は柄《え》を渡して、どうぞと微笑んだ。

「相合傘であるか」

「一回やってみたかったのです」

「これで、両国まで行こうというのかな？」

「あら、両国どころが唐天竺《からてんじく》までも行きたいと思います」

「ふむ」

「なんです、その不服そうな目は」

「いやはやなんとも」

「さぁ、行きましょう」

由布姫は、柄を持っている千太郎の手を摑んで先に進みだした。

ところどころに見えるぬかるみを避けながら、広小路を抜けて、御成街道《おなりかいどう》に入った頃になって、雨脚が早くなってきた。

これはたまらん、とふたりはそばにあった店に飛び込んだ。間口三間《げん》ほどの店で、小間物と一緒に草履なども店に並んでいる。

由布姫は興味深そうに商品を見て、これは可愛い、これも綺麗《きれい》、などと目の保養をしているが、千太郎は小物などには興味がない。

外の雨を恨めしそうに見ているだけで、手持ち無沙汰らしい。

由布姫は、そんな千太郎のことなど放り出して簪《かんざし》などを差して楽しんでいる。

雨はなかなか上がりそうにない。

千太郎は、そんな由布姫を見て笑みを浮かべながらも、軒下に出て雨が降っている空を恨めしそうに見上げた。

雲は黒く、なかなか降り止みそうにない。このまま店のなかにいたとしても空は変わりないだろう。

これはしょうがない、といいながらもここから引き返そうという気はないのだ。由布姫の傍に行って、

「これがほしければ今度来たときに買ってあげよう。だから両国へ」

「あら、いま買ってくれてもいいですよ」

「いや、手元不如意《ふにょい》でなぁ」

「後で返してくれたら、お貸しします」

「……まぁ、やめておこう。早く両国へ行きたいのだ」

「まぁ今日は、どうしてそんなにせっかちなのです？　なにか考えがあるんでしょうか？　そうは思えませんがねぇ」

「早く、お伝という娘に会って確かめたいことがある……逃げられたら困る」

「逃げるんですか？」

「それは、いまはまだわからぬがなぁ」

はっきりしないのは、いつもの千太郎の言葉だから、由布姫としても別にそれに不満をいうわけではない。そうですかと返答は穏やかだ。

「では、次回このお店に来たとき、ということにしておきましょう。本当かどうかわかりませんけどね」

にんまりとしてから、由布姫は店の主《あるじ》に目を送る。三十二、三歳だろう、色白のいい男だった。白っぽい羽織を着ているのは、並べた小間物が映えるようにという配慮に違いない。なかなか商売上手な主らしい。

「ご主人、今度来たときにこの方が買ってくれるそうですから、この顔お忘れなくね」

　すると色の白い店主の顔が、赤く染まって、

「それはそれは。はい、絶対に忘れるようなことはいたしません。はい、よろしくお願いいたします」

　ていねいに頭を下げたから、千太郎は苦笑するしかない。わかった、わかったと手をひらひらさせて、傘を開いた。

四

　長屋に入って右の三番目がお伝の住まいだった。戸を開いて訪《おとな》いを乞うと、若い娘が出てきた。湯屋にでも行ってきたばかりなのか、洗い髪を後ろで束ねている姿が婀《あ》娜《だ》な感じだった。

　千太郎も由布姫も信三という元御用聞きには会ったことはないが、弥市から聞いただけでは、こんな娘が生まれるようには思えない。

ふたりを見ると、お伝は小首を傾げて、

「どちらさまでしょう？」

濡れた唇がまた、色っぽい。

にやにやしている千太郎を後ろから突いて、由布姫が、お伝さんですね、と問う。

「そうですが……」

「山之宿の弥市親分さんから、お伝さんのことをお聞きしました」

「あぁ、弥市親分の。でも……」

ふたりの後ろに目を向けたのは、弥市がいるかと思ったのだろう。その姿がなく不審げな表情をする。

「あぁ、私たちは親分さんの後見《こうけん》みたいなことをしているんですよ。ちょっとお伝さんから信三さんの話を教えてもらいたいと思いまして」

「そうですか。あの父とは一緒に暮らしたことはないので、本人も私がいることは知らないと思います。母が身ごもったことを教えずに別れたといいますから。最初から父親になる気がないのは、知っていたから、自分から身を引いた。といってました」

「では、信三さんはあなたが生まれているとは、知らないのですか？」

「おそらく知らずにいるのではないでしょうか」

「どうしていま頃になって、娘だと名乗り出たのです？」

「表立って名乗ったわけではありません。山之宿の親分さんに、そっと話しただけです。いまさら父親の顔をされても困りますからねぇ」

「でも、命の心配はしましたね？」

「一応、娘ですから」

由布姫は、どこなく腑に落ちない顔をしている。

「いま信三さんは、どこにいるのかな？」

それまで黙っていた千太郎に問われて、お伝は不思議そうに千太郎と由布姫を見た。なにやら珍しい昆虫でも見るような目をしていたが、不躾《ぶしつけ》と思ったかすぐ目線を外して、

「いまはどこにいるのか知りません」

「では、信三さんが江戸を売ったことは知っていたのだな」

「はい、父は知らずにいたでしょうが、私は遠目から見つめていたものですから。でも、どうして江戸を離れたのか、その理由については私も母も想像はつきませんでした」

「お母さんは、いまどこに？」

「三年前に亡くなりました」

ここまで聞いた話では、親子は離れて暮らしていたが、娘は父親の暮らしをしっかり見ていたらしい。

その頃の件についてはあまり詳しく語ろうとしない。母親はどんな人だったのか問うても、仕立てを生業《なりわい》にしていた人だとしか答えなかった。隠す理由があるのかもしれない、と由布姫は千太郎と目を交わすだけだ。

「ところで、お伝さん。弥市親分に信三さんは、おかしな言動が多くなっているから、気をつけたほうがいいとおっしゃったそうですね？」

「はい、江戸からいなくなったのも、おそらくは自分の居場所がどこなのか、住んでいるところがどこなのか、自分の仕事はなにか、それらをすべて忘れてしまったから、消えてしまったのだと思います」

「そんな……」

「その頃も、ときどきおかしな言動をするようになっていました。気が触れたわけではなく、病気ではないかと思いました。それで、一度、訪ねて行ったことがあるのです。そして、私は名乗りました。でも、母の名前を出しても、誰のことか覚えがない、という返事だったのです」

「それで、目の前に出るのはやめたと？」

「半分は、それもありました」

「半分とは？　それ以外にもあるんですか？」

由布姫は、納得のいかない顔をしている。

「父はおかしいのです」

さらにお伝は続けた。

「あの人は生まれながらの嘘つきなんです。母のお絹《きぬ》から聞いた話だと盗みや人殺しなどは、自分で作り上げてかってに下手人を捕まえていたというのです」

「まさか……」

「最初は私も嘘かと思いました。自分が捨てられた恨みをそんなふうに言い募《つの》っているのではないかと母を疑いました」

「でも、違ったというのですか？」

「はい……」

目を伏せながら、お伝はため息をつく。そんなことがまかり通るのかどうか、由布姫は判断がつかない。千太郎はどこを見ているのかあらぬ方向に視線を動かしているだけだ。

「千太郎さん?」

「あ、いや、お伝さん。あれは?」

「はい?」

千太郎が訊いたのは、花瓶やら湯のみ茶碗などに水を汲むときに使う水差しだった。

一尺はないが、それに近い程度の細長い造りだ。

前面に薄い藍色であやめの絵が描かれている。

「あぁ、あれは……いただいたのです」

「ほう、誰に?」

「確か、母がなくなったときでした……誰でしたか?」

思い出せない、とお伝は鼻の頭を掻いて、眉根を寄せた。

「そうか、ではしょうがない」

「あの、あれがなにか?」

「いや、なにちょっと目に止まっただけでな。他意はない」

「そうですか」

どことなく不安そうな顔で、お伝は頭を下げる。

「では、辻斬りを信三が追いかけていた話は聞いているかな?」

「はい、ずっと追っかけていたと聞いています。ですが、既《すんで》のところで取り逃がしてしまった、という話ですが」

「そうであったか。江戸から姿を消したとき、お伝さんはなにをしていたのだ」

「両国広小路の水茶屋で働いていました。いまでも店はあります。篠屋《しのや》という店ですから、もしお疑いでしたら、お確かめください。いまは、都合がありそこは辞《や》めておりますが」

いまの仕事について、はっきりとはいわなかった。おそらく誰かの世話になっているのだろう。

「邪魔したな」

立ち上がりながら礼をいうと、千太郎と由布姫はお伝の住まいを出た。

回向院の屋根が梅雨の空に光っている。

勧進相撲《かんじんずもう》が開かれるこの寺は、このあたりでは休憩所のようにもなっている。参道前には、浅草寺ほどではないが、葭簀張りの店が並び、大きな仏像などを売っている店もあった。

その一番前に出ているのは、不動明王《ふどうみょうおう》だった。大きな目をぎょろりとさせて、悪行を睨みつけている。

「なんだか怖い目ですねぇ」

「あれは、大日如来《だいにちにょらい》が怒ったときの姿だそうだ」

「そうなんですか？」

「なにやら弥市親分に似ておるのぉ」

「まぁそれは、言い過ぎですよ」

ふたりは笑いながら、両国橋を左に見て、大川を登っていく。

猪牙舟《ちょきぶね》がすいすい通り過ぎて行くと思ったら、ときどきすだれを下ろした屋根船がゆらゆらと流れている。

「ところで……」

由布姫が歩きながら訊いた。

「あの水差しを訊いたのは、意味がありますね？」

「ふむ」

「あそこの部屋にはそぐわない。私もいわれて初めて気がつきました。あれは、唐物《からもの》ではありませんか？」

「そう見えた。普通では手にできるような代物《しろもの》ではない。だから訊いたのだが」

「あのお伝という娘は、どこか正体がわかりませんねぇ」

「嘘つきだからな」

「えぇ？　嘘つきは父親だといってましたが」

「それが嘘だ。いや、たまには嘘だってつくとは思うが、あの言い方はおかしい。だいたい自分の父親をあんなに悪《あ》しざまにいうであろうか？」

「嘘つきの癖を治してもらいたい、と思っていたらどうですか？」

「もし、そうならいままで放ってはおかぬであろうよ。信三本人から聞いた話ではないから、判断はできぬがなぁ」

「確かに実の娘としては、おかしな物言いでした」

「それに、あの水差しの件でも嘘をついていた。私が訊いたら、誰から貰ったものか忘れた、と答えながら鼻の頭を掻いていた。これは嘘をつくときに出る特徴なのだ」

「まぁ、本当ですか？」

「そんな気がする」

　なんだとがっかりするが、由布姫もどこかおかしいと感じていたらしい。

「葬式の話をしているときに、なんとなく汗をかいていたように思いました」

「そうであろう？　つまり嘘なのだ」

「そう感じてもおかしくはありませんね」

ふたりの意見が一致したところで、浅草寺の五重塔が見えてきた。そのとき、

「あ!」

千太郎が大きな声を上げた。

「なんです?」

「傘を忘れてきた」

五

翌日、弥市は信三と一緒に片岡屋の離れにやって来た。梅雨空が晴れた一瞬のときだった。傘も持たずに、ふたりは片岡屋の離れに来て、

「木隠れの浜五郎の居場所がわかりました」

そういって、ふたりは喜んでいたのである。

特に信三は、破顔一笑という雰囲気である。

それにつられているのだろう弥市の顔も、最初信三に頼まれごとをされたときとは大違いである。口が尖っていないのだ。それだけ機嫌がいいのだろう。それはそうだ、

いままで逃げていた悪党を捕縛できる算段がついたのだから、それは嬉しいことだろう。

だが、千太郎はどこか暗い。

「千太郎の旦那、あっしたちがこんなに喜んでいるんでさぁ。もっと楽しい顔をしてくださいよ」

これでよいかと、にっと口を横に開いた。まるで團十郎《だんじゅうろう》が見得《みえ》を切ったような顔つきに、ふたりは苦笑する。

「まぁいいです。こちらが、以前深川で名を売っていた信三親分です」

信三は、千太郎に頭を下げてから、後ろに座っている由布姫に目を向けた。上から下へじろりと睨んだその目つきは、かなり不躾である。最後につんと顎を突き出した。

それを見て、弥市が慌てて、

「あちらは、雪さんといって、千太郎さんの許嫁ですよ。あまり失礼のねぇようにしておくんなさい」

弥市の心配をよそに信三は、ちっと舌打ちをする。

由布姫は、その態度に呆れたのか、その場からいなくなってしまった。弥市はこれはまずいと立ち上がろうとしたが、

「まぁ、よい。話は私が聞く」

千太郎が止めた。

「さいですかい」

浮かせかけた腰を下ろした。千太郎は、弥市に目を向ける。

「浜五郎の居場所が判明したとな？」

弥市はへぇ、と答えながら、浜五郎は江戸に舞い戻っているようだ、という信三の言葉の裏を取ろうと、走り回ってみたという。徳之助にも手伝ってもらって、浜五郎の動向を調べてもらったのだが、

「これが、おかしなことになりましてね」

「どうしたのだ？」

「浜五郎は、江戸から出ていねぇという噂が多かったんでさぁ」

そうなると信三が江戸から消えた理由がなくなる。その事実に関して、弥市は信三には問い詰めていない。信三の言動はどこかおかしいと感じているからだった。

浜五郎については、波村平四郎の調べでも判明したことがある。浜五郎の顔を知っている博打打ちが、山下の賭場で見たという証言を得ていたのである。

近辺を洗ってみると確かに、浜五郎は江戸にいたと数人の目撃があった。

「それはそうと、信三さんのところに、浜五郎の住み処を知らせる、こんなものが舞い込んだんです」

「なんだ？」

「へぇ。これです」

そういって弥市が懐から出したのは、一枚の紙切れだった。ていねいに折りたたまれている。それを広げて読んだ。

「これはいかがして手に入れたのだ」

「へぇ、信三さんのところに投げ込まれたといいます」

「ほう、それはまた都合のいいことだ。そのとき、お前はどこにいたのだ？　旅籠かそれとも女のところに居候を決め込んでいたのか？」

由布姫に対する態度が気に入らなかったのか、普段より辛辣《しんらつ》な物言いだった。弥市は、じりじりと尻を動かした。落ち着かないらしい。

「あっしは、神奈川の宿場に行ってました」

信三の言葉に、弥市は目を剝いた。

「あれ？　信三さん。あっしには品川の木賃宿にいたといってませんでしたかい？神奈川にいたとは、いま初めて聞きましたぜ？」

「……あぁ、品川にもいたんだが、神奈川にもいたんだ」

「そんなにあちこちに？」

「そらぁおめぇ。木隠れっていうくらいだからなぁ。どこに隠れているのかわからねぇ。奴がいるらしいという噂を聞いたら、どこにでもすっ飛んで行くぜ」

「それはそうですけどねぇ？」

首を傾げる弥市に、信三は肩を怒らせて、

「俺のいうことが信じられねぇってのかい」

「いや、そうじゃねぇ。そうじゃねぇが……」

「まぁ、いいさ」

ふたりのやりとりを聞いていた千太郎は、懐手になりながら、

「では、この文は神奈川宿にいたとき、誰かが投げ入れたというのだな？　それは部屋にいたときのことか？」

「……へぇ、まぁ。あ、いいえ。あっしがその近所に野郎とよく似た男がいるという話を聞いて、御殿山《ごてんやま》のあたりを見回ってきた帰りのことです。宿の女中が持っていてくれたんです」

「ほう。どこにも信三宛《あて》とは書かれていないのに、その女中はよく誰宛のものか気が

ついたものだな」

「まぁ、怪しい者が来たら顔を覚えていてくれ、と頼んでいたましたから。だから、そんな石礫《いしつぶて》が投げ込まれたら、あっし宛と思ったんじゃねぇでしょうか」

「なるほど筋は通っている」

信三は頭を下げるが、隣で弥市は難しい表情を続けていた。

口を尖らせてはいないが、弥市の表情はすぐれない。不満を持っている証《あかし》だった。

「ところで、この文にはきちんとした場所は書いてありませんねぇ。それでも信三さんは心あたりがあるんですか？」

戻ってきた由布姫が不思議そうな顔で訊いた。

「あぁ、これは謎解きになっているんだ」

「判じ物？」

「ここには、柳と森に来いと書かれている。つまりは柳森《やなぎもり》だ」

「柳森といえば神田川沿いにある神社ですか？」

和泉橋《いずみばし》のすぐそばにある神社の名前で土手下を神田川が流れている。

「あぁ、そうだ。つまり柳森神社にいるという意味にちげぇねぇ」

「黙って柳森神社と書けばいいものを、どうしてそんな面倒なことをするんです？」

「さぁなぁ。俺が判じ物好きだからじゃねぇのかい？」

「そうなんですか？」

由布姫は、どうにも納得がいかないという顔である。判じ物にしては、垢抜けていない。千太郎はなにを考えているのか、とうとう目を瞑ってしまった。

「柳森神社に住んでいるってのは、腑に落ちねぇなぁ。あそこに人が住めるようなところなぞねぇはずだ。周りには葭簀張りの店が並んでいるが、そんなところに住むわけにもいくめぇ。本堂のなかに住んでいるということかい？」

弥市がとうとう口を尖らせ始めた。

「さぁなぁ。それは行ってみねぇとわからねぇ。山之宿の……行くだろう？」

「どこまで信じられるかどうか、わからねぇがなぁ」

「前から使っていた下っ引きが教えてくれたんだ。それにアヤをつけようってのかい」

信三が肩をまくりそうな仕種《しぐさ》を取る。

「そんなつもりはありませんや」

第一、その下っ引きは誰なのか。どうやって連絡を取っていたのか。その辺の話を信三はまったくしてくれないのだ。いろいろ追及してみると、不都合な話ばかりである。あっさりと信三の言葉に乗って、居場所が判明したと喜んだ自分が情けない。

「とにかく、行ってみましょうか」

千太郎に一緒に行ってくれないか、と頼もうとしたが、目を瞑ったままだ。由布姫もあまり乗り気ではなさそうである。

諦めた弥市は、誘いの言葉を出さずに信三と一緒に立ち去った。

二人の姿が消えると、千太郎はそれまで瞑っていた目を開いて、

「雪さん……どう思う」

「さぁ、なんだかおかしな感じでしたねぇ。信三さんの言葉は信用できません。お伝さんの言葉があったからだけではなく、あのかたはどうもおかしい気がしますねぇ」

「確かにのぉ」

「やはり、嘘？」

「いや、あの者はおそらくいまを生きてはおらぬのだ」

「どういうことです？」

「昔をいまと同じと思っておるに違いない。たぶん、以前、同じような石礫の文を貰ったことがあるのではないかと思うのだ。第一あの文は自分で書いたものだ。弥市が信三から貰った文を見たが、同じ手で書かれている。紙も同じだ」

「以前、起きたことをなぞっているということですか？　それも自分で書いて、自分で探索をして？」

「そんな気がする。あれは嘘をつこうとしているのではない、もう一度やり直したいと思い続けているうちに、いまも六年前も区別がつかなくなったのではないか」

「病気ですか」

「江戸から消えたのも、自分が誰かわからなくなったからかもしれん」

「可哀想に……でも、私たちはどうしたらいいのでしょう」

「お伝のことが気になる。どうしていま頃になって、父親は嘘つきだと教える気になったのか？　いや、嘘をついているわけではないのだが……昔からの嘘つきだと断言したあの言葉が気になる」

「このままでは、奉行所があの者の言葉にきりきりまいをさせられると思ったからではありませんか？」

「それはあるかもしれぬなぁ。だが、本当の目的がどこにあるのか……あの親娘、いや、本当に親子なのかどうかも怪しい」

　千太郎は、目を瞑ったり開いたりしながら喋るから、由布姫はどこまで本気がどうか、はっきりしません、と不服顔をする。

「それはいかぬ」

「千太郎さんがそんな顔をするからいけないのです」

「ほい。これはしたり。それは悪かった」

それほど悪いとは思っていないのは明らかだったが、

「そんなことより、どうしたらいいのです？」

「そうだなぁ。盆踊りでも踊るか」

「…………」

「いや、それにはまだ早いな。波平さんに会って浜五郎を見たという者を教えてもらおう」

ようやく千太郎は立ち上がった。由布姫は、半分呆れ顔をしながらも、お伴《とも》しますと裾を直した。

六

その頃、弥市と信三は柳原の土手を歩いていた。

鳥居を潜り、さらに門を過ぎると正面に柳森稲荷の本殿が見えた。右側には茶屋が並んでいる。左には柳の木が雨の名残《なごり》で夏色を濡らし、光に当たってきらきらしていた。

ときどき境内に入る風が柳の枝を揺らす。

外の喧騒とはかけ離れた風情を醸し出していたが、弥市と信三の顔は風流とはまったくかけ離れている。

「山之宿の……本当にここにいるんだろうか？」

信三が、不安な声を出した。

「あんたが持って来たんですぜ。それを信じてあっしも同行して来たんだ、いまさらそんなことをいわれたら身も蓋もねぇ」

「すまねぇな。ときどき自分のやっていることがわからなくなるんだ」

「……そういえば、信三さんには娘さんがいるんだってなぁ。一度、訪ねて来られたんだが」

「娘？　そんなものはいねぇよ」

「お伝さんといいましたよ。母親は、お絹《きぬ》という名前だったらしい。いまは亡くなっていますがね。どこぞで仕立てを生業にしていたってんですが」

「……まったく覚えがねぇんだがなぁ」

「本人には、やや子ができたことは知らせずに身を引いたといってましたからねぇ」

「まるでわからねぇ」

目を細めるその姿は嘘をついているような様子はない。

「忘れてしまっただけじゃありませんかい？」

「……そうかもしれねぇ」

自分でも自信がないらしい。

弥市の前にいきなり現れて、また消えて、そして今度は浜五郎の居場所がわかった、といって文を持ち込んで、最初は塒は品川だと答え、千太郎には神奈川宿にいたといい、お伝という娘のことも母親のお絹も知らないし覚えがない……。

なにが本当なのか、どこから嘘なのか？

信三は、なにをしようと考えているのか？

弥市の心のなかは、乱れに乱れて荒れ野に茂る草のようだ。

境内に足を踏み入れた弥市、信三のふたりはそろそろと本堂に向かった。それほど大きな建物ではない。浅草寺などに比べたら、雲泥の差だろう。

木隠れの浜五郎はその本堂に隠れているのか、それとも他の場所なのか。

「山之宿の……なかに入るかい？」

「そのために来たんでさぁ」

「そうだな」

ここまで来て尻込みをするとは、どういうつもりだ、と弥市は文句のひとつもいいたかったが、面倒を起こしてもしょうがない。

本堂前には、ひとりの参拝客もいず、ひっそりとしている。茶屋前にも人はいない。店の者たちもどこにいるのか姿は見えない。ここだけ人里離れた雰囲気だった。

そろそろと本堂の扉を開いた。

弥市が先に乗り込む。

信三は後ろにいて窺っているだけで、行動を起こそうとしない。

本堂のなかは暗い。

人が隠れることができるほどの広さはなかった。

安堵と失望がないまぜになった顔で、弥市は信三を見た。

信三も同じような顔つきだったが、それほど落胆しているふうではない。

「信三さん。こんな結果なんだが？」

「あ……どうして俺たちはここへ？」

「なんだって？」

「……俺はいま、どこにいるんだい。ここはどこだい」

「なにをいってるんだ。あんたがこの柳森稲荷に木隠れの浜五郎が隠れているというから来たんじゃねぇかい。――覚えていねぇのか？」

驚いて、信三の表情を窺った。

自分の失態をごまかそうとして、馬鹿な科白《せりふ》を吐いているのではないか、と思ったのだ。だが、信三の目は泳いでいる。

「本当に覚えていねぇのかい？」

「あぁ……山之宿の……俺の頭はどうにかなってしまったらしい」

弥市の頭にはお伝が言い立てていた、あの人は嘘つきですから、という言葉が駆け巡っていた。

ぼんやりしている信三に、弥市は外に出よう、と告げると、あぁと答えただけだった。ここに来た目的がなんであったのか、まったく忘れてしまったらしい。それとも、お伝が言い募るように、稀代の嘘つきなのか。

いずれにしても、ここにいる理由はない、と弥市は判断したが、

「一応、境内を探ってみるか」

ひとりごちると、ぼんやりしたままの信三を置いて、茶屋に声をかけたり、柳の木

の周りなどを一巡りしてみたが、やはり、浜五郎がいるような形跡は見つからなかった。

すでに夕刻は過ぎて暮六つから五つになろうとしている頃。片岡屋に弥市と信三が着いていた。ふたりは、柳森稲荷の首尾を報告しているのだ。

「まったく野郎どころか、猫が住んでいた形跡もありませんでした」

「そうか」

千太郎は、あの文がもともと偽物で書いたのが信三だとは、あえていわない。

「空振りだったものは、仕方がない。それよりな……とんでもない芋虫が出てきたぞ」

「芋虫?」

波平から浜五郎の話を聞いたと断り、

「木隠れの浜五郎は、江戸にいるらしい。本当の塒を波平さんが、小者たちの働きでだいたいは絞り込んだらしい」

「そうですかい」

弥市は、悔しそうな顔をするが、

「木隠れの浜五郎だと！　そいつが江戸に戻ったのかい！」

信三は、初めて聞いたという顔で叫んだ。

渋い顔をする弥市を見て、

「……また、俺がなにかやってしまったのか」

「そうじゃねぇよ」

あまり追求してもしょうがないだろう。弥市は、浜五郎の居場所について波平さんが狙いを定めたようだ、と千太郎の言葉を伝える。

「それなら、俺も一緒に」

「あぁ、そのときは知らせるぜ。いまはこの千太郎さんの言葉を聞いてくんねぇ」

「……そうかい」

顎をくいと動かす癖だけは忘れていないらしい。由布姫を見る目もどこか卑しさは残っているが、今日の由布姫は、信三が病気らしいと聞いて、あからさまに嫌がるような態度は控えているようだった。

「波平さんがいうには、なんと浜五郎が斬った相手のなかに、とんでもねぇ野郎がいたらしいぜ」

いきなり伝法な言葉遣いになってしまった。近頃、千太郎はときどき、そんな遊びをするのだ。

「あのぉ。誰です？　いまのは」

めんくらいながら、弥市が問うと、千太郎はふふふと笑いながら、

「……日本駄右衛門《にほんだえもん》ではないか。そんなこともわからねぇのかい。浜の真砂《まさご》はつきぬとも……だ」

「あのぉ、それは石川五右衛門《いしかわごえもん》だと思いますが」

由布姫が笑いながら、

「どちらも大泥棒には違いありませんけどねぇ。正確には、浜の真砂は尽きぬとも、世に盗人の種は尽きまじ、です。石川五右衛門が釜茹での刑になるときに作った辞世の句だといわれていますが、本当かどうか」

「真実など、どうでもよいのだ。とにかく、いまこれから私は大泥棒になったつもりで、波平さんの言葉の謎を解くのだ。いいか？　野郎ども」

由布姫と弥市は呆れているが、信三は手を叩いて、やんやの喝采である。

「ほら、わかる人にはわかるじゃねぇか。野郎ども、これから俺の話を耳かっぽじって、よく聞くんだ」

日本駄右衛門なのか石川五右衛門なのか、どっちなのかよくわからぬまま、千太郎

は語りだした。

「いいか野郎ども。そこの信三さんが江戸から姿を消した理由はわからねぇ。だがな、ひとつだけわかるのは、木隠れの浜五郎という辻斬り野郎を追いかけていたということだ。ここまではいいな」

わざわざ断るほどのこともない。

「その木隠れ野郎が、あるとき金が欲しくて辻斬りをした。いまから六年前のことだと思われるが、斬られた男は怪我を負ったまま、姿を消したのだ。だから奉行所にもそのときの届けがはっきり残っていねぇ」

「はぁ。その話は波平さんから聞いていました」

「そうか、山之宿の。だがな、そのとき斬られた野郎というのが、とんでもねぇ野郎だったって事実を知ってるかい？　いや知らねぇだろう。俺も知らなかった。だが、木隠れが戻ってきたときに、やつを見たという男がいる。そいつは賭場で見たんだが、賭場にいたのがなんと、浜五郎に斬られた野郎ときたから世の中空恐ろしい」

「…………」

誰も、なにもいえない。

「ふたりを目撃した場面を見ていた大工がいうには、お互い驚いて、その場で五尺も飛び上がったらしいぜ。まぁ、五尺というのは嘘だろうがな」

じろりと周りを睨《ね》めつけてから、

「いいか野郎ども。ここからは肝心なところだ。この信三さんが、木隠れを追って江戸に戻ってきたという噂はあっという間に拡がった。そこで困ったのは、浜五郎よりも斬られた男だ。その男というのは、頬に傷を負っている。浜五郎が斬り損じた痕だ。浜五郎が摑まって、その事実を岡っ引きに話されてしまったら、困る。そこで、一計を案じたのだが、どういう策かわかるかい？」

三人とも首を振る。

「知恵のねぇ連中では気がつかねぇか。どうして信三さんにいきなりお伝という娘が湧いて出てきたのか、それを考えてみたら、釜茹でされたら熱くて死にそうになるくらい、はっきりしていることだ」

「ははぁ……」

弥市が、納得の顔つきをする。

「あのお伝というのは、盗人の仲間だったんですね。それで、浜五郎と信三さんを遠ざけようとした。いや、信三さんの言葉を信じさせねぇようにしたんですね。だから、やたらと信三さんは、嘘つきだ、と言い募っていたんだ」

「山之宿の。あんたもばかじゃねぇらしいな」

喜んでいいのか、どうなのか弥市は苦い顔をするしかない。

「要するに、お伝はあっしたちを混乱させようとしたってわけですね。となるとお伝も盗人の仲間ということになりますぜ」

「ふふ。そうなるな」

頰に傷でもできそうなほど歪ませて、千太郎は答えた。

「じゃ、お伝をさっそく」

立ち上がって、走りだそうとする弥市を手で抑えて、

「まぁ、待ちねぇ。いま頃、あの毒婦はとっくに逃げをうったにちげぇねぇ」

「じゃ、どうしたらいいんです？」

「波平さんが浜五郎の塒に行っているはずだ。そろそろここに来るかもしれねぇ。浜五郎を連れてな」

「浜五郎がなにかを知っているんですか？」

由布姫が不思議そうな顔をする。

「あたぼうよ」

「……いまのは誰の科白《せりふ》です？」

「姓は石川、名は五右衛門である。まぁ、気にするな。というわけで、これから波平さんを待とう」

七

それから一刻後。

千太郎を筆頭に、由布姫、弥市、波村平四郎。それに信三の五人は小梅村《こうめむら》にいた。

周囲は真っ暗である。

どこかで牛か馬でも飼っているのだろう、どことなく獣の臭気が風に乗って漂っている。さらに梅雨特有の湿った空気に包まれていた。

木隠れの浜五郎を召し捕った波平は、浜五郎から盗人集団の隠れ家を訊き出すことができた。

「どうして浜五郎は、奴らの居場所を知っていたんです？」

「自分が命を狙われると思って、賭場で会った男を尾行したらしい。敵もそれには気がついていたらしいが、奴らとしては、浜五郎よりも信三のほうが面倒だと思っていた節があるのだ」

かすかに道を照らす提灯の下、波平が歩きながら弥市に説明しているところだった。

「なるほど。それが命取りになったというわけですね。で、その盗人の頭《かしら》は誰なんです？」

「戸塚《とつか》の鼬《いたち》という連中らしい。あまり江戸では知られた連中ではないようだな」

「それで、あっしたちの耳には入ってこなかったんですね」

「そうらしい」

浅草方面から大川を渡り、大きな水戸屋敷を越えて、さらに東へ向かったあたりに小梅村はある。金持ちの寮が多いことでも知られる場所だった。

北十間川《きたじっけんがわ》を左に感じながら、東に向かうと曳舟川《ひきふねがわ》にぶつかった。

ちょうどこの三角地帯になったところが、小梅村だ。

昼なら、広大な土地が見えるのだが、いまは真っ暗である。せいぜい小梅提を肌で感じる程度だ。

やがて、太鼓型になった木橋が見えてきた。

それを渡ると小梅村に入る。

「こんなところに、盗人の隠れ家があるんですかねぇ」

信三が呟いた

いまは、少しはまともに戻っているようだが、娘に逢うのが楽しみだ、などと呟いている。お伝のことをいっているのだが、あの女のでまかせだと弥市は諭《さと》した。その瞬間は頷いて、嘘をつかれたのかと憤《いきどお》っていたのだが、すぐまた元に戻ってしまう。

捕物に連れて行くのは危険だ、と弥市は止めたのだが、千太郎はむしろひとりにさせたほうが危険は多い、というので連れて来たのだった。

由布姫は、信三が手札をもらっていた近藤峰十郎に連絡をしなくてもいいのだろうかと首を捻ったが、

「どうせ、近藤さんのことも忘れてるだろう」

千太郎が止めたのである。近藤に連絡すると、手柄争いになって捕物がややこしくなるだけだろう。

空には青い月が出ていた。

雨が降りそうな湿った空気は、気持ちが悪い。

それでも、浜五郎から聞いた場所を探す。

「あれだな?」

暗いなかに、ぽつんと建物が目に入った。大きな百姓家のようだった。

「浜五郎の野郎、あんなところに隠れていたのか」

　信三の呟きだった。

　もはや否定するのも面倒なので、弥市はいちいち説明するのをやめている。ただ捕物になったときに、邪魔にならないでほしいと願うだけだ。

　千太郎は普段の着流しではない。野袴を穿いて、それをわざわざ括袴《くくりばかま》のように裾を結んでいる。本当は、髪も総髪にしたかった、というから、歌舞伎の石川五右衛門をそのまま地でやりたかったのだろう。

　だが、髪の毛を整えるような暇はなかったから髷はそのまま、黒い羽織をざっくり着込んで、まるで五右衛門が釜茹での刑を受けるときのように、大股を開いて胸を張り、

「絶景かな、絶景かな」

「千太郎さん、大きな声を出したら気がつかれてしまいます」

　よく事情を飲み込めていない波平が注意を促した。もっとも、由布姫や弥市も千太郎がどうしてこんなになってしまったのか、そんな事情は知らない。知る気もない。

　弥市は千太郎ではなく、波平にすぐ押し込むかどうか訊いた。

と――。

「野郎ども、逃げられたら困る。すぐ突撃だ」

軍配を持っていたら、それを一閃《いっせん》させたことだろう。千太郎が先頭を切って突っ込んでいく。慌てて、波平が続いた。弥市も後を追った。由布姫は少し遅れて動きだした。だが、信三は呆然としているだけで、立ち止まったままだった。

それに気がついた由布姫が一旦戻り、信三の手を取った。本当はそんなことはしたくないはずだがこの際である、毛嫌いしている場合ではないのだろう。

千太郎は、すたすたと大股で進んでいく。敵が出てくるかどうかもわからないというのに、まったく無警戒である。

弥市は、しょうがねぇなぁ、と呟きながら後についていく。

波平は、どうなっているんだ、と弥市に提灯を掲げて問うが、答えようがない。

「こらぁ！　野郎ども！　出てこい！」

戸口前に立って千太郎が叫んだ。

だが、なかはひっそりしたままで、変化はない。

「出てこねぇと、釜茹でにするぞ！」

ようやくがたがたと人が動く音が聞こえてきた。なかにはどれだけの人数がいるのか、はっきりしない。大勢出てきたら対応にも困るだろうと思うのだが、千太郎の五右衛門は、気にしていないらしい。

「やい！　早く出てこねぇか！」

自分で演じながら、楽しくなっているらしい。

半分、笑いながら叫んでいるのだ。

波平は、千太郎の横について、十手を取り出している。

弥市も同じように構えながら、なかから人が出てくるのを待った。

だが、人が外に出てくる気配はない。音ががたがたしているだけだ。

焦《じ》れた千太郎が、戸口を蹴飛ばした。

羽目板に穴が空いた。そこに千太郎は手を突っ込んだ。心張り棒がかかっていたらしい。それを倒すと戸が開いた。

なかから怒声が聞こえたが、かまわずに踏み込んだ。

「てめぇ！」

若い男が千太郎めがけて飛び込んでくる。

「ばかやろう！　俺を誰だと思ってるんだ！」

本人は名代の大泥棒石川五右衛門のつもりである。だが相手はそんなことは知らない。叫びを無視して匕首を掲げて突き刺してきた。

馬鹿め、といって千太郎はぴょんと飛び上がり腹を蹴飛ばすと、若い男は唸りながらその場に倒れた。

次に痘痕面《あばたづら》の男がすっ飛んできた。千太郎はその男をひょいと躱《かわ》すと、後ろにいる波平に奥へ行け！　と叫んだ。

女が畳を上げてその下に潜ろうとしている。聞こえていたガタガタという音は、畳を上げてその下から逃げようとしていたからのようだ。波平にそれを阻止させようとしたのだ。

千太郎は、痘痕面を叩き潰して気絶寸前のその男に訊いた。

「頭《かしら》は誰だ。どこにいる！」

だが、痘痕面はそのまま気絶してしまった。顔を上げると逃げようとする別の男が目に入った。小柄を足首に飛ばした。敵はその場で転がり倒れた。弥市が男のそばにしゃがんで、頭は誰かと問うが、答えない。

波平が女が外に逃げた、と叫んで戻ってきた。

千太郎は慌てない。外には由布姫が待っているからだった。

八

待っていた由布姫の前に、お伝が走ってきた。

由布姫はその前に立ちはだかる。お伝は相手が女と思って油断したのだろう、組み打ちになった。思いの外《ほか》、お伝は体捌《たいさば》きが良かったせいで、由布姫が苦戦する。

と、そのときだった。

「やめろ！」

それまでじっとして動こうとしなかった信三が、ふたりのなかに入り込んでお伝の肩を隠し持っていた十手で打ち付けた。お伝は痛さにその場で昏倒する。

「危なかったなぁ。娘に悪さをさせられねぇ」

そこに千太郎たちが戻ってきた。

弥市は千太郎と波平が叩き潰した盗賊の仲間たちを、数珠《じゅず》つなぎに縄で縛っている。

全部で四人だった。ひとりひとりに訊いたが、そのなかに頭はいないようだ。しかし、みんなの態度を見ていると、どうやらお伝が頭目らしい。

お伝が肩を動かした。息を吹き返したらしい。鬼のような目つきで信三を見つめている。そこに千太郎が話しかけた。

「お前が頭目だったとはなぁ」

「ふん、違いますよ。本当はそこにいる信三さんが頭なんだ」

「なにぃ？」

そこにいる全員が驚いている。弥市だけがそんな馬鹿なことがあるか、と呟いた。

だが、とんでもないことが起きた。信三がわっはははと笑い始めたのだ。

「騙《だま》そうったって、そうはいかねぇ」

「そうか、そうだったのか。思い出したぜ。俺が江戸から逃げた理由がわかった。そうだ、この俺が戸塚の鼬だったのだな。そこのお伝は俺の本当の娘だ。やい、山之宿の。どうだ、俺をどうする！」

「まさか……信じられねぇ。いくらなんでもそんなことがあるはずがねぇ。第一、戸塚の鼬が押し込みをやっていたのは、江戸ではねぇ。神奈川や駿府《すんぷ》が中心だったはずだ。あんたが頭になれるわけがねぇんだ」

必死に否定するのだが、信三本人はまた大笑いで、自分が戸塚の鼬だと言い続けている。

と、またまたとんでもないことが起きた。

「ばかやろう！　嘘をつくんじゃねぇぞ。石川五右衛門とは仮の姿。本当は戸塚の鼬とは俺のことだぁ！」

月明かりの下、千太郎が大見得《みえ》を切っているではないか。

由布姫は、あきれ返っている。信三を庇うつもりで叫んでいるのは、見え見えである。波平は、まだ千太郎のこの意味不明な言動を飲み込めずに、口をあんぐりと開いて、ぱくぱくしている。

当の信三はどんな顔をしているのかと弥市が見ると、目が泳いでなにを考えているのか、まるで予測がつかない。千太郎は見得を切ったままの格好で、ちらちらと弥市に目配せを送ってくる。その意味がわからず弥市がうろうろしていると、由布姫が囁いた。

信三を抱えろ、というのだ。いわれて信三に目を向けると、いまにも倒れそうだった。ふらふらと揺れているのだ。さっきはお伝の言葉に自分が戸塚の鼬だ、と告白をしたはいいが、その後はまた心が月にでも飛んでいってしまったような雰囲気だった。

大見得の形から戻った千太郎が、お伝の前にしゃがみ込んで、なにやら囁いている。お伝は横を向いたままだが、しだいに千太郎のほうに顔を向け始めた。

その顔は驚きに包まれている。

千太郎がなにを告げたのか、ほかの者たちには聞こえていない。お伝がどんな内容に驚いているのか、予測もつかずにいるのだ。

お伝が、弥市に抱えられている信三に声をかけた。

「おとっつぁん！　いままで迷惑をおかけしました。ふたりで世間に謝りましょう。ふたりできちんと罪を償《つぐな》いませんか？」

「なにをいいやがる！」

弥市が、お伝の言葉を止めようとしたが、

「まぁ、待て待て。親分よ。娘がこういっているのだ、父親として娘と一緒の償いができるのだ。それがふたりのために、一番良いことだとは思わぬか？」

信三がわかった、と大きな声を出した。

「お伝、私の娘よ。お前と一緒に罪を償うのだ。そうだ、それがいい……それにしても、俺に娘がいたなんて、これほどうれしいことはない……」

おいおいと泣きだしている。

弥市は千太郎がなにもいうな、と合図を送ってくるので、じっとしているしかない。

信三は弥市の手から抜け出して、お伝の前に進み出た。

「お前が素直な娘でよかった。一緒に捕縛されよう……」

「…………」

どうしたわけか、お伝に否定の言葉はなかった。こくりと頷いた。

「よし。俺も一緒に摑まってやろう、いや、そこまでやることはないか」

千太郎が、苦笑しながらふたりのそばに寄って、お互いの手を取った。そこに言葉はなにもなかった。ただ、三人の静かなほほ笑みだけだ。

お伝が小さく囁いた。

「おとっつぁん……元気でね」

「……ありがとよ」

このふたりは本当に親娘なのか、嘘で固められた関係なのか、そこにいる者たちは誰も知らない――。


明くる日は、大雨だった。

片岡屋の離れには由布姫と弥市がいる。

「千太郎の旦那……あのふたりはどうなっているんです？　本当に親娘だったんですかい？」

「さぁなぁ。お伝が最後に父親と呼んだのだから、そうなのであろうよ」

「ですがあの後、お伝は波村さまに連れて行かれましたが、信三さんは一緒ではありませんでしたぜ？」

あの後、弥市が気がついたときには、信三は由布姫と一緒にどこかに向かって歩いて行ってしまったのである。

「あのとき、千太郎さんがお伝になにかいいましたね」

「五右衛門だ。石川五右衛門が大泥棒の親分として囁いたのだ」

「ほら、そこがわからねぇ。あれからお伝は嫌におとなしくなってしまいましたが、なにか手妻《てづま》でも使ったんですかい？」

「なに、ちょっとな大泥棒の親分として、盗人が捕まるときの心得を伝えただけだ」

「どんな内容ですかねぇ？」

「それをここでいえるわけがあるか。それは五右衛門一家に残っている秘伝なのだ。岡っ引きに教えるわけにはいかん」

「はぁ……」

ふたりのやりとりを由布姫は、にやにやしながら聞いている。

もちろん、由布姫はその内容を知っているのだが、弥市の悔しそうな顔を見て楽しんでいるのだった。

「それに、雪さんが信三さんを連れて行きましたが、あれはどこに行ったんです？」

「……あの後、信三さんがひとりになりたいというので、途中で別れましたよ」

「本当ですかい？　覚えていたり、ひとが変わったりと宙ぶらりんで暮らしていけますかねぇ」

「いままで江戸から離れていても生きてきたのだ、なんとかなるであろう」

「それならいいですけどねぇ」

じつは、由布姫は信三と別れてはいなかった。屋敷に戻り信三をしかるべき療養所に入れる算段をしたのである。弥市に教えないのはその療養所が田安家に関わりのある場所だったからである。

雨の音が続いている。

「この雨の音を信三さんはどこで聞いてるんでしょうねぇ」

しんみりとした弥市の言葉に、

「大丈夫ですよ。信三さんは強いお人ですから」

「そう願いますぜ……」

雷まで鳴ってさらに雨が強くなった江戸の梅雨の日であった。

第三話　満月を待つ女

一

満月にはまだ十日ほどあるはずだった。

黒い雲の隙間から見えている月は、まだ半月である。

上野寛永寺の黒い屋根が、うっすらと空を囲っている。どこか不気味な雰囲気に包まれている。

そのとき、上野山下にある片岡屋治右衛門は、広小路で株仲間たち数人と一杯引っかけた帰りであった。

まだ木戸が閉まるまでは、一刻以上あった。

だが、久々に酒を飲んだせいか、足がなんとなくおぼつかない。

「弱くなったものだ」

ひとりごちながら、黒門《くろもん》前から山下方面へ向かって歩いて行くと、

「おやぁ？」

暗い夜道に、誰かがぽつねんと立っている影が目に入った。

寛永寺を過ぎて、寺町へ行く道の角だ。

天水桶《てんすいおけ》のそばに常夜灯が立っている。そのすぐとなりにぼんやりと女の姿が浮かび上がっている。

「妖《あや》かしか……」

千太郎が居候するようになってから、おかしな殺しやら、詐欺やら、盗人たちが多くなったような気がする。

もちろんそんなことはない。

山之宿の親分が出入りするから、いろんな話を聞かされることになっただけのことである。

最初は、気色《きしょく》悪いからやめてもらいたいと思っていたのだが、いまでは、たまに千太郎や由布姫、弥市から聞く話が楽しくもなっていた。

だから、少々の妖かしなどと出会ったところで、怖くはない。

もともと、怖がりではないのだ。

だが、木戸が閉まる前とはいえ、女がのっそりと常夜灯の横に立っている姿を見せられたのだ、あまり気持ちのいいものではあるまい。

誰かを待っているのか、と思い声をかけようかどうか迷う。

だが、こんな刻限だ。よけいなことをして怖がらせてもいけないだろう。

「このままにしておくか」

新手《あらて》の夜鷹《よたか》かもしれない、と治右衛門はそのまま通り過ぎた。

前を歩いても、女は微動だにしない。

常夜灯といっても、道全体が見通せるほど明るいわけではない。せいぜい一間《けん》程度がうっすらと見えているだけである。

着ている小袖の柄《がら》が白っぽくなかったら、見過ごしていたことだろう。

女の顔はよく見えなかった。

というよりあまり見たくない、と思ったというほうが正確だろう。

梅雨はまだ明けていないせいで、周辺は湿気に包まれている。夜露に濡れると体に悪い、と教えてあげたい気持ちだった。

遠くから犬の鳴き声が聞こえてきた。

それが、狼《おおかみ》の遠吠えのような気がした。

土手の近くなら、螢《ほたる》の光でも飛んでいたかもしれない。

――そのほうが恐ろしいか。

苦笑しながら、治右衛門は家路を急いだのである。


「それが、七日ほど前のことですよ」

例によって片岡屋の離れでは、千太郎が目利きをせずに、だらしなく手枕で横になっている。

その格好はだらしない。屋敷の者が見たら、どんな小言《こごと》をいうだろう。

「あのぉ……」

「なんだ」

おずおずと顔を覗くと、千太郎はじろりと睨んだ。

「話をお聞きですかね？」

「もちろん」

「……では、あのもう少し、まともに聞いてくれませんかねぇ」

いつもなら、もっと強面なのだが、さすがに頼みごとをするときは下手《したで》に出るようだ。もっとも、千太郎を睨む目つきはあまりよくない。

「聞いておるぞ」

そういえば、由布姫から聞いたことがある。

この前いきなり大泥棒の石川五右衛門になりきってから、誰かの真似をする楽しみ方を覚えてしまったらしい。

戸塚の鼬が女だったという事実に呆れていた治右衛門だったが、由布姫から千太郎が石川五右衛門になったと聞いたときには腰を抜かしそうになった。

「先日、一緒にまた誰かに成りきる遊びをしないかと誘われました」

「ほう、それで？」

「卑弥呼《ひみこ》になれと……」

その会話を終えた次の日から、由布姫は顔を見せていない。


治右衛門は、例の女を見た三日後、また同じところ、同じ刻限に同じ女と出会った。

やはり、じっと佇んでいるだけである。

誰かを待つ風情なのだが、男を待っているようでもあり、気が狂《ふ》れているだけにも見える。

前回と同じように、白っぽい小袖を着ているから、目立つのだ。

やがて、女は近所で噂になった。

それも当然だろう。妖かしであればその正体を知りたい。

ただの人間であれば、どこの誰か知りたい。

特に江戸っ子は物見高いのだ、そのままにしておくわけがなかった。

「あれは狐が化けているにちげぇねぇ」

「そんなことはねぇよ。たぬきだぜ」

いやいや、化け猫だ、むじなだ、観音様だ……。

若い男たちには、かっこうの話の餌になっているのだった。

治右衛門はそんな噂を聞いて、あの女を見たのは自分だけではないのか、とひと安心する。

自分だけだとしたら、目の錯覚ということもあるだろう。

あれだけはっきり見えていたのだから見間違いはない、と思っていても、どこか不安があったから、

「親分、知ってますか。寛永寺からこっちに向かってくる途中、白い女が出るという話なんですが。私も見ているんです」

弥市が片岡屋に来たとき、話しかけた。

「旦那まで見ていたんですかい」

笑いながら弥市は答えた。

普段は苦虫を嚙み潰しているような治右衛門までが女の存在を知っているとしたら、これはなにかある、と思うのが普通だ。

「親分、あの女の正体を突き止めてくれませんか」

「旦那がどうしてそこまで入れ込むんです？」

「このままでは、どうにも寝覚めがよくありません」

女の白い着物と、じっと空を見つめている姿が寝る前に思い出されて、寝付きが悪い、とまでいう。

「そこまでいうなら」

とうとう御用聞きの弥市が駆り出されることになったのである。

さらに、千太郎も口説《くど》いて二日ぶりにやってきた由布姫にも話を通した。女が寂しそうだし、なにか目的があるに違いない、という治右衛門の言葉に千太郎と由布姫は気持ちが動いたらしい。

そして——。

その日の夜は、梅雨も終わりに近いのだろう、しとしと雨が降っていた。

空は黒いが風が強い。

雲が吹き飛ばされて、ときどき月が顔を見せる。

こんな夜は確実にあの女が立っているだろう、と弥市は千太郎と由布姫を伴って、寛永寺黒門前に足を運んだ。

「まさかおふたりさんが、そんな女に興味があるとは思っていませんでしたぜ」

千太郎は、ふんと鼻で笑うと、

「退屈で、死にそうになっていた。丁度よい」

「さいですかい」

石川五右衛門になられるよりはまだましだ、と由布姫も笑っている。

山下から、黒門までは目と鼻の先である。

女が出ていたら、すぐ姿は見えるはずだった。

「まだ出ませんねぇ」

弥市は幽霊が出るような言い方をする。

「まだ、刻限が早いのでしょうか？」

由布姫が首を傾げると、

「いや、そんなことはあるまい」

治右衛門が見たのは、五つ前であった。いまは、四つになろうとしているから、もう立っていてもいい頃合いだ。

「いました」

由布姫が囁いた。

「雪さん、あれは野郎です」

おそらくは、女の姿をひと目見たいと物見に来た男たちだろう。ひとりは表通りにいたが、もうひとりは後ろに隠れていた。

「ち……江戸っ子はろくでもねぇやつらばかりだ」

弥市は、舌打ちをする。

「まぁまぁ、私たちにしても大して変わりはない」

千太郎が、男たちを見ながら、笑っている。向こうの男たちも、こちらを見て、同類だと思っているらしい。にやにやしながら手まで上げて挨拶をした。

二

「来た……」

闇に紛《まぎ》れて、白いものが見え始めた。

女の姿は、三橋《みはし》のほうから黒門へ向かってくるように見えた。

「確かに、あれだけ見たら、妖かしと間違っても仕方がなさそうだ」

闇のなか、小田原提灯を持って歩いてくる。

提灯の明かりがゆらゆら左右に揺れている。

ぼぉっと映す女の姿は、歩いているというよりは、道路の上を滑っているといったほうがいいような動きを見せていた。

「踵《かかと》を動かさずに歩くと、あのように見えるのだ」

千太郎が、種をばらす。

「そうですかい。治右衛門さんは手妻のようだ、といってましたがね」

「あの人は、大げさなのだ」

あっさりと切り捨てて、動きだそうとする弥市を押しとどめ、千太郎は様子を見ようと囁いた。

女は黒門前を通りすぎて、山下方面へと歩いて行く。

その速度はゆっくりだ。まるで吉原《よしわら》の花魁道中《おいらんどうちゅう》だと弥市が呟いて、由布姫に馬鹿にされた。

黒門前から一丁ほど歩いてから、女は足を止めた。

女の前には治右衛門がいうように常夜灯が立っている。そこで提灯を消した。かすかな灯りのなかに女の白い姿が浮かび上がっている。

「これは、確かにちょっと見たら、恐ろしい……」

弥市は、肩を震わせる。

じっと立っているだけで、なにをするわけでもない。

ただ、空を見上げているだけだ。

ときどき、周囲を見回すような仕種をするが、それがなにか目的があってしているようには見えない。

「なにをしているんですかねぇ?」

「誰かを待っているのでしょうか?」

由布姫は、自分ならそうするといいたそうだ。

「いや、あれは見ているんだ」

「なにをです？」

「月だ」

「月？　今日は月見にいい日ですかい」

「いや、そうではない。月に知り合いがいるらしい」

「はぁ？　月の知り合いといいますてぇと、うさぎですかねぇ」

真面目な顔で弥市がいうと、

「そうかもしれんぞ」

千太郎も笑っていない。本気で答えたらしい。

「まさか……うさぎだっていません」

「月にうさぎがいたら、正月は餅つきしてますかねぇ」

「うさぎがついた餅を食べると、目が赤くなるらしいぞ」

「本当ですかい？」

千太郎の冗談に、弥市は目をこすった。

「あの女は人間ですかねぇ」

「女だから、人間であろうよ」

「妖かしの人間というのは、ありませんかい？」

「ないな、そんなものは。動物なら雌《めす》であろうよ」

「なるほど」

おかしなところで感心する弥市である。

「私が話を聞いてきましょうか？」

さっきから由布姫は、じりじりしている。どんな目的なのか知りたくて、しょうがないらしい。

近頃は、千太郎がそばにいるからあまり突飛《とっぴ》な行動は取らないが、以前はじゃじゃ馬姫として、周りからは眉をひそめられるような姫だったのだ。こんな摩訶不思議《まかふしぎ》な女を前にしてじっとしていられるわけがない。

「待ったほうがいい」

「なぜです？」

「いま、雪さんが出て行くと、女は月に帰ってしまう」

「はい？」

まさかという目つきで由布姫は、千太郎を見つめる。

「その顔は真剣らしいですねぇ」

「当然である。あの姿を見たら、誰もがそう考えるのではないか」

「あっしはそんなことを考えたことありませんがねぇ」

千太郎の言葉に弥市は首を振った。

「そんなことより、あの者たちをなんとかしたほうがよいぞ」

千太郎が目を向けた先を見ると、さきほどの男が三人ほど、女のところに向かおうとしている。足がふらふらして、胴間声《どうまごえ》が聞こえている。酒が入っているのは明らかだ。

「あの連中が女に声をかけたら姿が消えるかもしれんぞ」

「……それは大変だ」

弥市は、どこまで本気なのか、十手を取り出して、

「ちょっくら注意してきましょう」

そういって、男たちの前に進み出た。

十手の先をひょいひょいと上下させながら、弥市は男たちに話しかける。それを見ながら、千太郎は由布姫に囁いた。

「どうかな？」

「なにがです？　あの娘さんですか？　誰かを待っているのは確かですよ」

「月から誰かが降りてくるのを待っている……」

何度も真剣に言い続けると、由布姫もそんな気になってくる、と薄笑いをするが、

「いや、本気であの娘は、待っているのだ」

「どうして、そんなことがわかるのです？」

「私が月から降りてきたからだ」

「……もういいです」

石川五右衛門の次は、月よりの使者らしい。

弥市が戻ってきた。顔が怒っているのは、男たちがろくな連中ではなかったからだろう。

女は、小袖の袖を口に咥《くわ》えていた。

闇のなかに白い並びのきれいな歯が見えている。

「旦那……どうします？」

「……もういいだろう」

「帰るんですかい？」

「目的がわかったからな」

「月から誰かが来るのを待っている、というやつで？」

「そのとおりである」

弥市は、どうしたらいいのかという目で由布姫に問いかける。

「仕方ありませんね」

じゃ、そうしようかと弥市が歩きだそうとしたとき、

「親分、あの娘がこの江戸ではどこに隠れ家を持っているのか、調べてくれ」

「尾行しろということですね」

「月では、うさぎと一緒に踊るという」

「……近頃の旦那は本当にわけがわかりませんや」

「月言葉だからな」

「もう、いいです」

小さく叫んだのは弥市ではなく、由布姫だった。

空には、まだ半月から少し膨らんだ程度の月が浮かんでいる。

千太郎たちが先に帰っていった後、弥市はその場にいて女が動きだすのを待っていた。

風が冷たくなった。

ぶるんと体を震わせて、弥市はひとりごちる。

「なんだか、わけのわからねぇ話が多いなぁ」

千太郎の頭はどうなったのだろう、と想像してみるが、さっぱりわからない。もともと、なにを考えているのか、はっきり見せない人だから、しょうがないのだろう。

ぶつぶついいながら、四半刻。

なかなか女は動く気配はない。

月はどんどん移動し、雲のなかに隠れてしまった。

千太郎のいう月から降りてきた、とか、あの娘は月に帰りたがっている、などという言葉は眉唾《まゆつば》だが、

「不気味なことには、変わりねぇなぁ」

つい、愚痴が出てしまう。

と——。

女がそれまで嚙んでいた袖を口から離した。

白い歯が消える。

顔が闇に溶けて、白い小袖だけが浮かんでいる。

弥市に緊張が走る。ようやく女がここから離れようとしているらしい。

女は提灯に火を入れた。

ぼぉっと周囲がいままでより明るくなった。

それでも、せいぜい二間先まで道が見えるかどうか、という程度だった。

常夜灯から離れて、女は弥市が隠れてい方向に歩きだしている。ここにいたら、隠れていたことがばれてしまう。

「——待てよ？」

とうに自分たちがここにいるのはばれているのではないか？

そんな気がした。第一、千太郎は闇のなかでしゃべっているという遠慮はなかった。考えてみたら、

「そうか、あの女に聞こえるように喋っていたかもしれねぇ」

おそらくそうなのだろう。

としたら、その目的はなんだったのか。わざと聞こえるように声を出して、人が隠れていると教えたのは、なぜか。

「まぁ、いいや」

考えても無駄だと諦めた弥市は、少しだけ後ろに引っ込んで、姿が見えないようにした。とはいえ、見ようと思えば人がいるとすぐばれるに違いない。

それなら、それでいい。ばれた後、女がどんな動きを見せるか、それを探ってやろう……。

弥市は、腹を決める。

女は、黒門前をゆっくりと歩いて行く。やはり、来たときと同じように、水の上をみずすましが泳いでいるような雰囲気だ。

黒門を通り過ぎ、そのまま右のほうに向かって行く。

東叡山寛永寺の仁王門《におうもん》も過ぎて、不忍池《しのばずのいけ》の縁を北へと進んでいる。

お山の縁をぐるりと進むと、そこは谷中《やなか》だ。

暗い空の遠くに五重塔が黒く見えている。感応寺《かんのうじ》の五重塔だ。昼なら、このあたりは広い通りから狭くなり、感応寺のあたりで広くなり、また狭くなる道筋だ。

暗いから、その遠くまで見通すことはできない。

女は、さらに北に向かい日暮しの里に出る。

寛延《かんえん》の頃、つつじが植えられた。また、この周辺には寺院の庭が続き、物見遊山の場ともなっている。

春は桜、秋は紅葉。それを見ていると日の暮れるのも忘れる。そこから日暮しの里。

そのまま西に進むと台地が見えてきた。道灌山《どうかんやま》だ。

女は、道灌山の坂道を少し登ったところで、ふと足を止めた。

「見つかったか……」

尾行がばれたのか、と弥市は冷や汗をかく。

だが、そうではなかったらしい、そこで止まると、また空を見ているのだ。千太郎の言葉を借りると、月を愛《め》でているのだろう。

今度は、坂道を弥市がいる方向へ、降りてきた。

――これは、いかん。

慌てて、弥市は身を隠す場所を探した。

三

「それはご苦労だったなぁ」

翌日、片岡屋の離れで、弥市は女を尾行した結果を報告している。

そろそろ、陽は西に傾く頃合いだった。今日も朝から、女の住まいの確認に行ってきたのである。

弥市は、小首を傾げながらいった。

「もののけがついているような感じは受けませんでしたがねぇ」

「だから、月からの使者を待っているのだというに」

そんなことより、と由布姫が問う。

「あのかたの素性はわかったのですか？」

弥市は、へぇと息を吐いて、

「日暮しの里にある、八幡屋《はちまんや》という両替商の娘で、千絵《ちえ》という名でした」

昨夜、女は一度登った坂を下りて、そのまま日暮しの里に戻った。そこからは、足が早まったから、

「これは、近くに住んでるな」

弥市は、確信したという。

「自分が住んでいる近所で、あんなあやしげな歩き方はしねぇと考えたんですよ」

「それは、親分、なかなか」

「おだてとしても、ありがてぇですが、まぁ、それで間口《まぐち》五間の表店《おもてだな》の潜戸《くぐりど》から入って行きました。外からとんとんと潜戸《くぐりど》を叩いてましたから、なかには仲間がいたんでしょうねぇ。あんな刻限に娘がひとりで歩くなんざぁ、普通はねぇことだ。たいてい、供がいるはずです。でもひとり歩きだったから、普段供として歩く使用人が戻

ってくるのを待ち構えていたんじゃねぇでしょうか」

「そうだろうな」

「暗いために、看板の字ははっきり読めませんでしたから、今日、さっきまでもう一度、確かめに行ってきたんですがね」

「なにかあるのか」

「いえ、そうではありませんが、そばの自身番で訊いてみると、八幡屋は表は五間の店だが、内証は相当なものだ、という噂のある店だそうで」

「娘さんは千絵さんひとりなんですか？　ほかにご兄弟などは？」

由布姫が問うと、弥市は首を傾げながら、

「それが父ひとり子ひとりだというんです」

いま千絵は十九歳なのだが、母親は千絵が五歳のときに亡くなり、長い間、父親の由之助《よしのすけ》が後添えももらわずに育ててきた、というのだった。

「それは、父親はたいへんでしたでしょうねぇ」

母親がいず、男親が娘を育てるのは大変だろう、と由布姫はいうのだった。

「まぁ、そんなこともあるんでしょうか、いま、親娘がちょっと揉《も》めている、という噂を聞きつけました」

「縁談か」

千太郎が、あっさり突き止めたので、

「なんだ、最初から知っていたんですかい？」

「まさか、いまの話を聞いていたら、だいたい想像はつく」

「そうですかねぇ？」

「男手ひとつで育ててきたのに、いま揉めている、となれば縁談だと相場は決まっておるのだよ。それに、千絵は夜目にもあの器量よしだった。縁談は、引く手あまたであろう」

「そうなんですが、千絵はなかなか父親が勧める縁談にうんといわねぇらしいんで。まぁ、周りは無責任ですから、親子喧嘩を楽しんでるふうでしたがね」

「よし、では、これからその喧嘩の仲裁に行くとするか」

「はい？　そんな面倒なことを？」

「なにが面倒だ。千絵という娘は月からの使者を待っておる」

「その使者が、千太郎さんだと？　その話は昨日からまだ続いているんですかい？」

由布姫に確認を取る弥市に、

「私以外に誰がいるか」

千太郎は、膝を叩く。

「さぁ、それはわかりませんが……」

まるでかぐや姫だ、と弥市は揶揄《やゆ》するが、千太郎はまったく意に介さず、すぐ行くぞ、と立ち上がった。

半時も経《た》たずに八幡屋に着いた。

由之助は、いきなりの訪問にどう答えたらいいのか、判断に迷っているように見える。

「千絵さんに会わせてもらいたい」

そんな要求を突然されて、はいそうですかと答える父親はこの世にはいない。

「あなたさまは？」

問うのは、当然であろうが、それでも、千太郎と由布姫の優雅な佇まいには、面食らっているようである。無碍《むげ》に追い返すわけにもいかない、と考えているようだった。

由之助は、手を揉みながら、

「千絵は、いま寝込んでおりますが……」

あなたたちが原因ではないのか、とでもいいたそうな目つきだった。

「心配はいらぬ、親分こちらへ」

それまで奥に隠れていた弥市が、前に押し出された。千太郎が、自分は月からの使者だ、などと言い始めたら、そのまま引き返そうとしていたのだ。

「あ、山之宿の親分さんでしたか」

「知っているのか」

驚いたのは本人ではない、千太郎だ。目を剝いて、あからさまにそんな馬鹿なことがあるはずはない、とでもいいたそうである。

「はい、それはもう。私たちの同業者さんも便宜を図っていただき、ときどき助けていただいていると、評判の親分さんですから」

「ほう、便宜なぁ」

早い話、袖の下を取って面倒をまとめてみるというわけだろう。それを聞いて、千太郎の顔は妙に微笑んでいる。

そんな千太郎の態度を弥市は、無視して、

「じつは……こんな話があるのをご存知ですかい？」

上野の黒門前から山下に向かう途中にある常夜灯の前で、夜な夜な娘が立って、空を見ている、という話をする。

「はい、それは私の娘、千絵のことでございましょう」

「知っているのか」

「……じつはその関わりで……」

寝込んでいる、といいたそうに顔を動かした。

「寝込んでいるという話だったが？」

千太郎の問いに、はい、と首を振りながら、

「なんと、自分は月から下りてきたのだ。そろそろ月に帰る時期が来たから、その使者を待っているのだ、というのでございます」

「かぐや姫だな」

「自分では、そうではない、と申しておりますが」

「では、なんと？」

「うさぎの姫だ、と申しております」

「なるほど、かぐやの次はうさぎときたな」

心底から楽しそうに、千太郎は笑った。

「餅でもついて食わしたら、月に戻ってしまうかもしれぬぞ」

「……本当でございましょうか？」

由之助の本気で心配する顔を見て、千太郎は大声で笑う。となりで由布姫も苦笑す

るしかない。

どこからか、いい香りが漂ってきた。

「あれは、国分《こくぶ》だな？」

国分とは煙草《たばこ》の銘柄だ。薩摩《さつま》と大隅《おおすみ》の真ん中に位置する国分で作られているから国分。元禄《げんろく》の頃から、その名が知られるようになっている。

「あぁ、またです……」

由之助は、嫌そうな顔で、

「娘が、無理して吸っているのです」

「月に戻るためか」

「いえ、あの煙草の香りで、使者が降りてくるというのです」

「なんとまた、粋《いき》な使者がいたものだ」

千太郎は由布姫と目を合わせて、苦笑しあっている。ふたりの間に、なにか約束事でもあるのか、と弥市は不愉快な表情を見せる。

途中から由之助の態度が少し柔らかくなったようだ。千太郎と由布姫がかもしだす優雅な雰囲気も安心感を与えているのだろう。

「では、こちらへおいでなさいまし」

三人を奥へと案内する。

廊下を進んで行くと、屋根つきの渡り廊下に出た。

中庭の真ん中を通っているらしい。庭には、季節の草花が植えられているようだった。梅雨の名残りが、ぬかるみになって残っている。

廊下を渡り終わると、また廊下に出て進んだ。

「どこまで広いんだい」

弥市が驚いているところで、こちらです、と由之助が足を止める。

障子を開くと、八畳間だった。

床の間もあり、壁には違い棚が設《しつら》えてある。その棚には花瓶が立っていて、花一輪差さっていた。

「なるほど、風流なものだ。月から降りてきた姫にふさわしい」

本気で千太郎が誉めた。確かに、弥市の目にもその花瓶は高価な物に見える。由布姫もそれには反論はなさそうだった。

「うさぎ姫はあちらに寝ています」

父親に、そう呼べといっているらしい。

千太郎はにやにやしながら、うさぎ姫どの、と声をかけた。

「狸寝入りはいかんなぁ。さっき国分の香りがしていたのだから、起きているのは、わかっている」

「…………」

うさぎ姫の千絵は、夜着から顔を少しだけ覗かせている。目が爛々《らんらん》と光っているように見えるのは、気のせいだろうか。

弥市は、うさぎなら目は赤いのではないか、と思ったが口にはしない。

「ところで、姫はいつこの江戸に降りてきたのだな？」

子どもに話しかけるような声で千太郎が訊いた。

「幼き頃です。ずっと前なのであまり覚えていません」

「そうか、そのときは私はいなかったからなぁ」

千太郎はなにがいいたいのか、弥市は呆れ返りながら聞いている。

「まぁ、よい。で、なにが目的なのだ」

「なにがです？」

「あのように、夜な夜な常夜灯の横で空を見つめているのは、なぜか、と問うておるのだ」

その問いに、千絵はじっと千太郎の顔を見つめていたと思ったら、

「ふふ。あなたさまは、とっくに気がついているのではありませんか？」

「いやいや。ばれたか。じつはな」

「はい？　なんでしょう」

「私は、月から降りてきた人間なのだ」

「嘘。お侍さまではありませんか」

「そんなことをいうたら、姫も商人の娘ではないか」

「……私はいいのです。姫なのですから」

「ははぁ、そういうことか……これはやられたな」

なにがやられたなだ、と弥市は心で叫びながら、いつ間に入ろうかとその間合いを図っていたのだが、

「親分、うさぎ姫さんに訊きたいことはないかな？」

千太郎から声をかけてきた。

「へぇ……姫様にはごきげんようでございます」

いきなり声をかけられたためか、言葉がおかしい。それが千絵の笑いを誘った。

「へぇ、うさぎ姫さま。で、あなたさまはいつまでこちらにいらっしゃるのです？」

そんなことを訊きたかったわけではない、と心のなかで自分に毒づいた。

「あなたは、親分さんですね。十手を預かるお方では仕方ありません。本当のことをいいます」

「それはありがてぇ」

「早く、月に帰りたい。だからあそこで月に呼びかけていたのです」

「なんだって？」

まだ、そんなことをいっているのか、と弥市は顔をしかめた。

四

本当のことをいうといっておいて、口から出た言葉はいままでと変わりない。これでは埒があかない。

だが、千太郎はそうかそうか、そうだろう、と千絵の言葉に頷いていたと思ったら、また問い始める。

「ここで訊いておきたいのだが」

「はい、なんでしょう」

「月に帰る時期がやって来たのは、最初からいま頃だったのではありませんね」

その問いに、千絵は返答を避けているのか、顔を横に向けてしまった。千太郎は構わず続けた。

「今になったのは、なにか理由があるのではありませんかな？」

「…………」

「おそらく、姫は月に戻って誰かと祝言を挙げるのでしょう」

千絵はその言葉に、反応を見せた。うれしそうに微笑んだのである。

「よくわかりました。そのとおりです」

「なるほど、やはり、そうでしたか。でも、なかなか祝言の相手を選ぶのは難しいことでしょう」

「もちろんです。私は姫です。私の眼鏡にかなう相手でなければいけません。でも、なかなかそのような人はいませんね」

「そうでしょう、そうでしょう」

千太郎はやたらと、感心している。

すると、由布姫がようやく質問をぶつけた。

「あなた様……いえ、姫様の眼鏡にかなうお人というのは、どんな方でしょう？」

「それは、いえません」

「秘密ですか？」

　その問いに、千絵はじっと考えているようだった。

　なかなか返事がなかった。数呼吸してから、

「やはり、いえません。それは相手が出てきたときに、直接伝えることですから。いまここで公《おおやけ》にするわけにはいかないのです」

　なるほど、なるほど、とまた千太郎はわかったような顔を千絵の前で見せる。

　それもやたらと大げさな頷きだった。

　そこまでやる必要はないだろう、と弥市は得心がいかず、

「旦那……早く決着つけてくれませんかねぇ。このままじゃ、なにがなんだかさっぱりわからねぇ」

　そういって、千太郎の袖をひっつかんで、部屋から廊下に引きずり出した。

「いつまであんな気が狂《ふ》れたような女に付き合っているんです」

「これはしたり。いつかあの娘と一緒に月に帰らねばいかぬのだ」

「だから、あんな意味の通らねぇ話を続けているとでもいうんですかい？」

「いかぬか」

「いけません。もちろん誰に迷惑をかけているわけではありませんがねぇ」

「では、もう少しでやめるから待っていてくれぬかな？」

にこりと笑みを浮かべて千太郎は弥市を諭《さと》した。

そんな顔をされては弥市としても無碍に反対するわけにはいかない。

「仕方がねぇ。じゃ、もう少し待ちますから早く白黒つけておくんなさいよ」

よしよしまかせておけ、と千太郎はまた部屋のなかに戻った。弥市もしぶしぶ続いて部屋に入ると、由布姫と千絵が談笑していた。

「そうですか、では、私もそのうち一緒に月に行ってみたいものですねぇ」

「あなたさまのような方なら、いつでも歓迎ですよ。いろんな物があって楽しいですからねぇ。ただしあまり見栄えのいい殿方のいないのが、玉に瑕《きず》ですけどねぇ。物見遊山は楽しめます」

「そうですか。楽しみです」

ふたりの会話を漏れ聞いた弥市は、どうなっているのだ、と目で由布姫に問いかけるが、由布姫はにこりと笑みを浮かべるだけである。

「姫さまが、楽しい月の生活の話をしてくれたのです。月の食べ物は江戸とは異なり、あまり味がないそうですよ」

「さいですか。それはつまらねぇ」

本当につまらなそうにする弥市に、由布姫も苦笑だけなのだが、千絵は違うらしい、親分さん、と声をかけてから、

「おとっつぁんはどこにいます？」

そういえば、先程から由之助の姿が消えていた。

娘の馬鹿話を聞くのは辛いのだろうか、と思っていたのだが、真意はどうなのか。

弥市が部屋を出て渡り廊下のほうへ行きかけたとき、由之助がこちらに戻ってくる姿が見えた。弥市の前に来ると、

「ちょっと表のほうで客が来てましてね」

「そうですかい」

由之助の顔が沈んでいることに気がつき、弥市が訊いた。

「なにか問題でも？」

「いえ……大したことではありません」

「その顔は、大したことではない、という雰囲気じゃねぇぜ。なにかあったのなら、話を聞こうじゃねぇか」

「……はい。ありがたいのですが、これぱかりは親分さんでもどうにもならないことでして」

「ゆすりたかりかい」

「それくらいなら、もっと簡単でございましょう。金で解決ができてしまうのですからねぇ」

「つまりは、金ではどうにもならねぇ揉め事だと？」

「……いえ、揉めているわけではないのです。じつは、千絵の許嫁《いいなずけ》になるはずの方が見えましたので。千絵があんなふうなので、お会いさせるわけにはいかず、お帰り願ってきたのです」

「許嫁だと？」

　そんな男がいたのか、と弥市は由之助に訊き返した。

「はい。といっても私が勝手に決めたといえば、そうなのですが」

「どこの誰なんだい」

「両国の呉服商、相模屋《さがみや》さんの跡取りで、長太郎《ちようたろう》さんといいます」

　思わず弥市は話を聞こうとするが、すでに帰った後だ、といわれてふたたび肩を落とした。由之助は関係ないというが、長太郎と千絵の間になにか、揉め事でも起きているのではないか、と思ったからだった。

「いえ、ふたりはまだ一度しか会っていませんから」

「なにもねぇと？」

「そのはずです」

「じゃぁ、千絵のあのおかしな言動と、長太郎には関わりはねぇというんだな？」

「揉め事が起きようがありません」

ううむ、と弥市は唸るだけである。

ふたりが喧嘩などでもしていたら、そこから千絵の行動に理由がつけられると思ったのに、あてが外れてしまい、弥市は不機嫌になってしまう。

そこに千太郎と由布姫が部屋から出てきた。

「親分、帰ろう」

「え？　もういいんですかい？」

「あの姫様の要求をきちんと飲んであげねばならぬからな」

「といいますと？」

「月に帰ってもらうのではないか」

「そんなばかな。どうやって月に行かせるんです」

「いまから考える。ところで八幡屋、覚悟はいいな？」

千太郎の真剣な顔に、由之助はなにごとかという顔で見なおした。

「千絵さんを月に戻すからな。消えたからといって文句をいわぬように、いまからきちんと伝えておく」

「あ、あぁ……あの」

「なに、心配はいらぬ。最後まで面倒は見ると約束した。私が一緒に行ってあげたらいいのだが、なにしろいまはこの江戸の者として暮らして長い。いまさら月には戻れぬのだ」

　わっははは、と屈託《くったく》なく笑う千太郎に、由之助は答えようがない。

　となりにいる由布姫も、同じようににこにこしているから、始末におえない。

　弥市は茫然としている。


　外に出ると、弥市は本当のことを教えてくれ、と泣きそうな声を出すが、千太郎も由布姫も、返答は同じだというだけで、それ以上は教えてくれない。

「あれは、狂言でしょう。どうやって月に戻すというんです」

「そんなことは簡単だ。月から使者を迎え入れたら良い」

「ですから、そのような馬鹿なことができますか？」

　と、由布姫が弥市の顔を覗き込んで、

「私たちにできないことがあると思いますか?」

「……そういわれてしまったら、身も蓋もねぇ……。いままでも突拍子《とっぴょうし》のねぇような謎解きをしてきたおふたりだ。なにか策があるんじゃねぇかと思っていますがね。なんにしろ、月ですから、月!」

「では仕方がない。本当のことを教えてやろう。まずは親分、湯島坂下《ゆしまさかした》にある小僧《こぞう》長屋に行って、島吉《しまきち》という男を探し出せ」

「島吉? 何者です?」

「いいからその男を見つけたら、片岡屋に連れてくるんだ。その男が今回の鍵を握っておるのだからな」

「はぁ、まぁ、頼まれたら探しますがねぇ。生業《なりわい》はなにをしているんです?」

「おそらくは、大工だろう」

「大工の島吉ですね」

合点だ、とは答えたものの、弥市の顔にはまだ不審な香りが残っている。しょうがない、と千太郎は、由布姫の顔を見て、

「このままでは、親分の寝覚めが悪いだろう」

「そうですねぇ、種をばらしましょうか」

ふたりは、顔を見合わせてから、千太郎が語りだした。

千絵が夜な夜な月を見るようになったのには、もちろん理由がある。それには、長太郎と島吉が関わっている、と千太郎は解説し始めた。

「つまりだ。長太郎は、親の由之助が決めた相手だ。だが、それは千絵には寝耳に水の話。千絵には心に決めた相手がいたのだ」

「ははぁ。それが島吉ですかい？」

「そうなのだ。一度、由之助に島吉の話をしたのだが、自分の眼鏡にかなわぬ男では、祝言はさせない、と断言した。つまり由之助としては後を継いで店を切り盛りできるだけの裁量がない男では困る、ということだ」

「大工ではいけませんか」

「商《あきない》というものを知らぬだろう、というのだな」

この話は由布姫が千絵の心を開かせて、弥市が由之助と廊下で会話をしている間に、聞き出したというのである。

「だから、月に戻すしかないのだ」

千太郎は言い切るが、そこがわからねぇ、と弥市は口を尖らせた。

「どうして月に戻ることになるんです？　夜な夜な月を見ていたのは、なぜです？」

「だから、月からの使者を待っていたのではないか。それが私だ」

「……なんだかなぁ」

「まぁ、よい。そういうことだから、まずは大工の島吉を片岡屋に連れてきてくれ」

「へぇ……わかりやした」

どうしてそういうことになるのか、よく飲み込めないまま弥市は湯島に向かうことになったのである。

五

島吉はあっさり見つかって、翌日の午後、弥市は片岡屋に連れ出した。

一度、由之助には会ったことがある、という話だったが、なるほどこの男では店の将来を託すことができるとは思えねぇ、と弥市は感じる男だった。

大工の腕はいいらしいが、あまり押し出しのいいほうではない。体は頑丈だが、それに反して、どこかおどおどしている。歳は千絵より三つ上だというから、二十二歳だろう。

それにしては、顔は幼く頼りがいがあるようには見えない。

「おめぇさんじゃ、由之助もうんとはいえねぇやなぁ」

「はぁ、そうですかねぇ」

そんな返答だけでも、弥市はいらいらする。

「もっとしっかりしねぇかい。男だろう。はきはきしねぇ野郎は、江戸っ子の名折れってもんだぞ」

「千絵さんにいつもそうけしかけられています」

「ち、情けねぇ声を出すんじゃねぇ。そんなだから、月に戻りたいなんてぇわけのわからねぇ科白《せりふ》を吐き出させるんだぞ」

「…………」

「まぁ、いい。で、月に戻るという話で、なにか気がつくことはねぇかい」

「それがさっぱりなんです」

「まったく情けねぇ野郎だぜ。おめぇたちはどこで出会ったんだ。まさか月旅行でもしていたときだとかいうなよ」

「それはありません」

島吉がちびりちびり話した内容は次のようだった。

千絵はときどき、湯島天神にお参りに来ていた。住まいは日暮しの里だが、湯島の高台から見る江戸の町が好きだ、という話で、夏は雄々しく空に舞っている入道雲を見ては感動し、冬は雪の江戸の街を湯島から見るのが好きだったという。

昨年の年末だった。

湯島天神の参道界隈は、正月飾りを売る床店が並んでいた。

島吉はひとり暮らしだから、そんな飾りなどにはあまり興味がない。

仕事帰りだったが、ふと床店を見回りがてら、なにか縁起ものでもあるかもしれねぇ、と思って天神様をお参りに行ってみるか、と考えた。

男坂《おとこざか》の階段を登って行くと、途中でしゃがんでいる女が見えた。

供の者がとなりにいるようだが、なにやら癪《しゃく》でも起こしているように見える。よけいなことかもしれねぇが、と声をかけて、

「よければ、うちがすぐそこだから、すこし休んでいったらどうだい？」

誘ってみた。

女ひとりだったらそんなことはいわなかった、と島吉は照れる。

「まぁ、ほんの気まぐれだったんですがねぇ」

「それが千絵だったと？」

「へぇ。よほど悪かったんでしょう。供の女中さんと一緒にあっしの長屋に来まして

ね。すると、長屋にいる女房連が面倒を見てくれて。そこで少し休んでいたら、四半刻後には、なんとか元気になりました」

「天神様の御利益かい」

「どうなんでしょうねぇ。まだお参りはしていませんでしたが。それに、天神様は学問の神様ですから」

「まぁ、そうだろうがなぁ。世の中には不思議なことが起きるもんだぜ」

「私もそのときに、感じました」

うれしそうにする島吉だったが、すぐ顔を曇らせる。

「でも、由之助さんは私のことを嫌いのようでした」

「頼りがいがねぇからだろう」

「そうですかねぇ」

不安そうにするその顔がいけねぇんだ、と弥市は背中をどやしつけた。

湯島坂下から、山下はそれほど離れてはいない。半刻もかからずに、片岡屋に着いた。

千太郎は、縁側に体を横たえながら、

「今年の庭はいつになく、きれいな庭だ」

などと意味不明の言葉を吐いている。となりでは由布姫がにこにこしているのだ。

梅雨は終わり、そろそろ本格的な夏が来そうな暖かさだ。

むしろ暑い。

汗が吹き出てくるのを、手ぬぐいで拭き取りながら、弥市は島吉を千太郎と由布姫に紹介した。

「そうかそうか。島吉さんといったなぁ」

「はい……お見知り置きを」

「ふむ。大工ということは、大工だな？」

「はぁ……あの？」

「まぁ、よい。いまからある男が来るから、ちと話をしてもらいたい」

「……あのぉ」

挨拶もそこそこにいきなり、知らぬ相手と話をしろといわれて、島吉はどう対処したらいいのか、途方に暮れる。

弥市が助け船を出そうとするが、千太郎の意図がわからない。

千太郎は、横になったまま団扇《うちわ》を取ってくれ、などと由布姫に頼んでいる。

そこに、色の白い男が離れに連れてこられた。普通の町人には見えない。どこか浮世離れした雰囲気のある男だった。

「あぁ、この者はな。湯島で宮地芝居《みやちしばい》をやっている者だ」

その紹介に、島吉はあっと顔を上げて、

「あぁ、山村米三郎《やまむらよねさぶろう》さんですね。先日、私見に行きました。あの蝦蟇《がま》になるけれんは最高でしたねぇ」

「おや、そうでしたか。それはそれは」

「親分さん、この方は宮地芝居のなかでもけれんの技で知られる役者さんですよ。どうしてここに？」

「……それは、俺も知りてぇなぁ」

千太郎と由布姫がにこにこしているのがどうにも気に入らねぇ、と弥市は口を尖らせている。

「なに、なにごともない。この山村さんに月に連れて行ってもらおうと思うてなぁ」

「はい？　それはどんな夢物語ですか？」

島吉はきつねに鼻をつままれたような顔をしている。

「だから、千絵さんが月に戻りたいというておるではないか。それを叶えてあげようというのだ」

「しかし……どうやって月に戻せるんです。あ……芝居を打つんですね」

「まぁ、けれんを得意としている人がいるのだからなぁ。それを活用せぬ理由はあるまい？　それに島吉、おまえは大工だ。大道具、小道具、いろいろ作ることができるであろう？」

「まぁ、なんとかできると思いますが」

「ほれ、その気弱がいかんのだ。もっとしゃっきりしねぇかい！」

弥市がまた背中をどやしつけると、島吉は、そうはいってもいままで舞台の仕事などしたことないので、自信がない、と呟いたから、

「馬鹿野郎！」

とうとう弥市は、怒り始めた。

「てめぇ、惚れた女が本当に月に行ってしまってもいいのかい！　嫌だったら、せめて大工らしくしっかりいい道具を作ったらいいじゃねぇか！」

本気で怒った弥市の顔を見て、

「うへぇ、これはいけねぇ。千絵さんが怒ったときよりおっかねぇ」

体を縮こまらせてしまった。

その姿を見て、また弥市はきつく睨みつけている。

千太郎は、由布姫と山村米三郎、島吉の三人を残して、弥市と一緒に八幡屋に向かった。

「三人で、月の舞台を作り上げるんですかい？」

「ばかをいうな。月に戻らせる算段をするのではないか」

「はぁ、まぁ、そうともいうんでしょうねぇ。ですが、島吉と千絵とを一緒にさせるには、由之助の許しがなければいけません。どうやってあの頑固そうな男の気持ちを和らげるんです？」

「だから、何度も申しておる。千絵は月に返すのだ。それが嫌なら、島吉と一緒にするしかあるまい。長太郎には可哀そうだがな」

「長太郎は、まだ正式に許嫁になったわけではありませんからね。でも、千絵は器量良しだ。それを取り逃がすとしたら、ただじゃすまないってことがあるかもしれませんぜ。男は狂ったらなにをしでかすかわからねぇ」

「女もだ。千絵は月に帰ると言い出したではないか」

「まったく男も女もわけがわからねぇなぁ」

「世の中、そんなものだ」

「さいですかねぇ。もっとこう、しっかりとこう……」

手をひらひらさせながら、弥市はなにかいおうとするのだが、言葉が出てこないらしい。

「江戸っ子は、簡単なはずだがな。なかにはおかしな者たちもいるということだろう。それだから、また面白い」

千太郎は、本気で楽しんでいるようだった。

だが、弥市はなかなかそんな心境にはなれない。なにしろ月に戻るなどとそんな夢物語を語りだす女がいるのだ。さらに、本気で月に戻そうとする連中がいる。

「まったくどうなっているんだい」

腹から喜べずに、例によって口を尖らせながら、あれこれぶつぶつと言い続けている。

「親分、そんな顔をしていては、月に一緒に行けぬぞ」

「それは幸いですよ。あんな丸いところなんざ、行きたくもねぇ」

「わはは。この江戸だって丸い地面の上に乗っているんだぞ。同じではないか」

「江戸が丸いですって？　そんなわけがねぇ。この地面はずっと地続きじゃありませんかい」

「……まぁよい」

説明するのが面倒なのだろう、千太郎は話すのをやめてしまった。

両国橋の袂に着くと、地元の岡っ引きが弥市の顔を見て、そばに寄って来て挨拶をする。なかには子分にしてくれ、というような男もいて、

「顔が売れるのも大変だのぉ」

千太郎に冷やかされる始末だ。

「そんなことはありません。月に行くよりはましです」

「ははぁ、さては月になにか恨みでもあるな」

「ありませんよ、そんなものは。うさぎには縁がねぇです」

そうこうしている間に八幡屋の前に着いた。

六

由之助は千太郎と弥市の顔を見ると、なんとなく嫌そうな目つきをした。

いま頃また来て、千絵になにか悪い智恵でもつけようとしているのではないかと思っているらしい。

　そんなことはせぬから安心しろ、という千太郎だが、

「そうだ八幡屋。千絵さんを月に返す算段ができたからな、一緒に送ろうではないか」

「そんな馬鹿なことはいりません」

「いるいらないの問題ではあるまい。自分が生まれたところに戻りたいと娘が申しておるのだ。帰ることができるのだぞ、喜んであげねばならぬなぁ。それが親の勤めではないか」

「千絵が生まれたのは、この家です。月ではありません」

「しかし、本人がそういっておるのだから仕方あるまい。ひょっとしたら、由之助お前は親ではないのかもしれんな」

「冗談じゃありませんよ」

　本気で由之助は怒ってしまった。

　それは当たり前だろう。父親は他にいるといわれたのだ。そんな話を聞いて、平気でいる父親はいない。

　弥市は千太郎が暴走しているので、止めようとは思うのだが、なかなか思うようにいかずに、いらいらしている。

「で、ここに来たのは、なにが目的なんです？」

由之助が問う。早く帰ってくれと思っているのは、みえみえだが千太郎はそんな気持ちなどまったく斟酌《しんしゃく》していない。

「だから。月に戻る儀式などをおこなうから、その日は八幡屋も来てもらいたいのだ。そうでなければ意味がないからなぁ」

「なんの意味があるんです。私にはまったく意味がありません」

「まぁ、そういうな。私たちも忍びないのだ」

「はい？」

「だってそうであろう？　江戸の小町娘がひとり消えてしまうのだ。こんな寂しいことはない」

「冗談じゃありません」

由之助が、早く帰ってくださいというと、

「千絵さんに報告せねばならぬからな」

由之助の許しも得ずに、さっさと渡り廊下を進んで、千絵の部屋に入ってしまった。

「親分さん……あのお侍との関わりはどうなっているんです？　あんな面倒で失礼な人とは、さっさと離れてしまったほうがよいのではありませんか？　腕扱き親分さんの名折れです」

弥市には千太郎と離れるわけにはいかない理由がある。自分が江戸でこれだけの顔になれたのは、ほとんど千太郎がいたからだと自分でも知っているからだった。

千太郎と雪のふたりがいたから、ここまでこれた。だからこそ、今回も無碍にはできずにいるのだが、月に戻るとか帰るとか……これには正直、閉口《へいこう》しているのは確かだった。

千絵は、顔色がどんどん悪くなっていくようだった。

父親の由之助は、悪い病気にでも罹っているのではないか、と医者を呼んでみたりしたのだが、

「これは月から持ってきた病気だから治らない」

などといわれる始末。

もちろん千絵にそういってくれと頼まれているとは露知らず、みんなやぶ医者だと、あちこちから名医と呼ばれる医師を招いても、結果は同じだった。

ここまで同じだと、本当に千絵は月に戻りたいと思っているのではないか、と思えてくるから、腹立たしい。

いま、勝手に千絵の部屋に入っていった千太郎という侍は、何者なのか知らねど、ただの侍ではないのはわかる。どこか高貴な雰囲気に包まれているため、用心棒を呼んで叩き出すわけにもいかない。

それどころか千太郎の顔を見ると、千絵はにこやかになるのだ。

「本当に月に戻れるのですか？」

千絵の顔は輝いている。近頃まったく見ることができなかった笑顔だ。

「もちろんである。そのために私は月からやって来たのだから」

「お待ちしていたかいがありました」

「そうであろう、そうであろう。これ、そこな由之助や」

「はい？」

突然、声音《こわね》が変わり、まるで京に住んでいる公家《くげ》のように変化した。

「難儀なことやけど、お前の心配もこれで消えるから心配は無用じゃよ」

なんだこれは？

由之助は、そばで口を尖らせている弥市の顔を見るが、同じようになにがどうなっているのかわからねぇ、という顔つきである。これは訊いても無駄だと呆れるが、ここで負けてはいかぬと思ったのだろう、背筋を伸ばして、

「あなた様はどちらさまです？」

「私は、月より降りてきた使者の、月山卿《つきやまきょう》であるぞなもし」

どこの言葉か……？

弥市は、石川五右衛門になりきった千太郎を見ているから、また始まったのか、と思っているだけだが、由之助は以前のことなど知らない。突然の言葉だけではなく態度の変化に、面食らっているだけだ。

「あのぉ」

「おじゃれおじゃれ」

「はい？」

「こちらにおじゃれ、と申しておるぞな」

「あ、はい、はい、これでよろしいので？」

つい由之助までおかしな気持ちになってしまう。じりじりと伺候《しこう》して、千太郎の前に座った。

「よいよい、公家の前だからというて、そのように硬くなることはない。私は月から来ただけだからのぉ。江戸ではまだ無名であろう。硬くなるな、硬くなるなてばよぉ」

「あい？　てばよぉ？」

由之助の不安と驚きを無視して、千太郎は語り始めた。

「よいであるかな？　わいと千絵の姫は、これより月に戻るのであるぞな。だから、それをお前に見送ってほしいぞな。わかるでおじゃるな？」

「はい……おじゃります」

「おうおう、おじゃるか、そうか、そうか、おじゃるであるか。それはよきことかな」

「で、あのその日というのは？」

「ふむん、それはこれより、一刻が過ぎて、さらに過ぎて、明日になって、その翌日のことだきに」

「はい？　よくわかりません」

「お前は間抜けか？　明後日《あさって》のことでありんす」

言葉遣いがめちゃくちゃである。

由之助はそれでも真剣に聞いているのだが、弥市は、腹が捩《よじ》れるより口の尖りがいままで一番ではないかと思えるほどだった。怒っているのかと思ったら、どうやら笑い転げるのを我慢しているようだ。

「明後日のどの刻限に、どこに行けばよろしいので、ありんすか？」

　由之助までおかしくなった。

「おうおう、お前も月言葉が喋れるようになったのか。それはよきかな、江戸っ子だもの。で……刻限であるが」

「はい……」

　由之助は、肩で息を始めている。苦しいのかおかしいのか、それともほかのことを考えているのか、弥市はもうどうでも良くなっている。

「そうじゃのぉ。どうだ、暮れ四つ半、山下の土弓場《どきゆうば》ではどうでおじゃる？　その刻限におじゃれるかな？」

　土弓場とは、外の土盛に的を置いて、それに弓を射る遊び場のことだ。杭で囲いはしてあるが、なかに入ることができるのだった。

「はい、おじゃります、おじゃります」

「ふむん、それはよきことかな、深川はよきかな」

「あの……ここは両国ですが」

「では、いまから深川屋と名前を変えればよろしおま」

「…………」

こうして、明後日の暮れ四つ半、山下の土弓場ということになったのである。

七

暮れ四ツ半は闇だった。

月は出ていない。

本来なら、満月のほうが都合がいいのではないか、と弥市は思う。なにしろ月に戻るのだから、肝心の月が見えないでは、どこに向かったらいいのか、目標がないのではないか、と思うのだ。

「そんな当たり前のことを気にしてはいけませんよ」

由布姫にいわれても、どこか得心がいかない。

「そんなもんですかねぇ」

「そうなのです」

土弓場の前に着くと、普段は杭が埋まっているところに、なにやら幕のようなものが張られていた。ここから月に行くのだろうか、と弥市は千太郎を探したが、どこにもいない。

肝心なときに姿を消すとはどういうつもりか、と思うが千太郎のことだから、なにか考えがあってのことだろう。

と、そのうち由布姫もいなくなってしまった。

「あれ？　雪さん！」

叫んでも返事はない。

ふたりはどうしたのか？

そろそろ由之助が着く頃合いだ。誰が案内するのか聞いていない。

弥市は自分はどうしたらいいのか、今回は蚊帳《かや》の外であった。もっとも月に帰るなどという馬鹿な話には乗らないのだから、無視されてもかえってそのほうがうれしいほどだ。

「親分さん……」

由之助が着いたらしい。どこか不安と不審が混じりあったような顔をしている。

「おう……来たな。千絵さんも一緒か」

戻ってきた千太郎は、いたって楽しそうである。

月に帰る本人がいなければ話にならない。

すぐ、えいほえいほという掛け声が聞こえてきた。千絵は駕籠に乗ってきたらしい。

「なにしろ病なもので、歩くことができないのです」

自分のことのように由之助は言い訳をして、天幕のようななかに入って行くと、

「あれは？」

空は真っ暗のはずなのに、次第に明るくなり始めた。

さらに月は出ていないはずなのに、満月が浮かんでいるではないか。

千絵がそれを見て、満面の笑みを浮かべ、由之助と弥市は呆然としている。

こんなことがあるはずがない。

いま目の前では満月から、階段が伸びて、さらに、人がその階段を降りてくる姿が見えている。まるで、仏が空から降りて来るような神々《こうごう》しさだ。

「さぁ、姫、月に帰りましょう」

階段の途中から、男の声が聞こえた。

その横に、女官が立ち、

「姫様……どうぞ、こちらへ」

手を差し伸べる。

「ちょ、ちょっと待ってくれ！　待ってください！」

由之助が泡を食っている。

「娘をどこに連れて行くつもりです」

「決まっておる。月である。月様である」

その声はどう聞いても、弥市には千太郎の声にしか聞こえない。だが、泡を食っている由之助は、気がつかないらしい。

おそらくは、手妻でも使っているのだろう。そういえば山村座の男が手伝っているに違いない。奴はけれんが得意技だ。

「さぁ、姫様……こちらへ。こちらでは月の若殿がお待ちです」

「な、なんですって！　それは困る。連れて行かれては、私が困ります」

「姫様は、どうしたいのです」

由布姫の声だった。

白無垢《しろむく》に真っ赤なたすきを肩から腰のかけて渡しているような、不思議な装いである。髪の毛はまるで卑弥呼だ。

「わたしは、月に戻りたい。だけど、この江戸の町も気に入っているのです。なかでも、湯島坂下に住む島吉という殿御がいます」

「その方と、祝言をしたいのですか？」

「はい……でも」

ふっと悲しそうな目で由之助に目を向けた。

「邪魔が入っているのです」

その言葉に、由之助ははっとするが、すぐ真剣な顔になって、

「そんなことをいっても、これはまやかしでしょう。こんなことが起きるはずがない。月から使者が来るわけなどない！」

「そうか、そのほうが否定するのではあれば、姫はこちらにいただくが、よいな」

「……いいでしょう。そこに連れて行けるものなら、どうぞ」

「よし、では姫、こちらへ」

使者に扮した千太郎が手をさぁっと天に伸ばした、そのときだった。

「ぎゃぁ！」

大きな叫び声が上がった。由之助だ。

「な、なんと……」

驚いたのその顔の先には、天に登っていく千絵の姿があった。

空を飛んで、階段を乗り越え、満月に向かって静かに遊泳しているではないか。

「まさか！　千絵、戻ってこい！」

「私は、このまま月に行き、そこの若殿の后《きさき》になります。お父上さま……これまであ

りがとうございました」

「い、いや、それはいかん、助けてください、親分さん、なんとかしてください！」

「ううむ」

弥市は叫んだ。

「千絵さんをどうしたら返してくれるのだ！」

茶番だとわかっていても、弥市は必死に叫ぶしかない。まさかそのまま天まで昇り、月に到達するとは思えない。だが、万が一ということもある。

「答えは簡単である。姫の思う存分にしてあげることだ。そうしたら、姫はまた江戸の地に戻ろうことであろう」

「わかった、わかった！　負けました！」

由之助の声には、諦めと必死さが含まれていた。


江戸の空は、鬱陶《うっとお》しい梅雨から解放されて、真夏の高さが生まれていた。

鳶《とび》が気持ちよさそうに山の上を舞っている。

それから二日経った片岡屋の離れでは、千太郎と由布姫が笑い転げている。

「弥市親分までが、あんな必死になるとは思っていませんでしたねぇ」

由布姫の言葉に弥市は不服そうに口を尖らせる。

「そんなことをいっても、あのとき、あの場面を見たら、誰だって驚きます。本当のことかと錯覚してしまいますよ。ましてや千絵さんが空を昇り始めたときには、由之助は我を忘れていましたからね」

「あはは、あのようなときは偽物だと思っていても、眼と耳の働きで目の前にあることが事実だと思い込んでしまうものなのだ。由之助は、心にやましいものがあったから、なおさらだったろうなぁ」

長太郎を、無理矢理千絵の許嫁に仕立てたことだ。

「長太郎さんには、丁重に謝って許嫁は解消してもらったそうですよ」

由布姫が、安堵の色を見せながら答えた。

「それは重畳《ちょうじょう》」

「それにしてもあれはなんだったんです？」

弥市には、まだ疑惑が残っているらしい。

「決まっている。米三郎の仕掛けではないか」

「それはわかってますよ。あの、おじゃるおじゃるの言葉ですよ」

「……？　誰がそんな言葉遣いを？」

「あれ？　千太郎さん、本当に忘れたんですかい？　あのとき、月からの使者だというのって、おかしな言葉を使い始めたのを」

「はて、なんのことやら一向にわけがわからぬ」

「まさか……？」

弥市は、千太郎の顔を覗いてみるが、嘘かどうか判断がつかない。もともと人を喰った顔つきなのだから、よけいである。

「雪さん、こんなことをいってますが」

「なんのことです？　私はそのときそばにいませんでしたからね」

由布姫は、きょとんとしている。

「あぁ、そうでした。おかしいなぁ。ということはあのとき、本当に月からの使者が降りてきたのだろうか？」

弥市の顔に、夏の日差しが降り注ぎ始めていた。

第四話　夏の舞扇

一

海鳴りが聞こえている。

房州《ぼうしゅう》の海は穏やかだ。

宿の窓側から外を見ると、白波が規則正しく行ったり来たりしている。

ここは、房州天津小湊《あまつこみなと》。

旅籠の前は入江になっていて、遠目には大海原が見えていた。

その様《さま》を珍しそうに見ながら、弥市は、大きく深呼吸をした。

「ここの海は品川の海とは違うなぁ」

「そうですか？」

由布姫は、いま湯から上がってきたのか、ほんのり頬を赤く染めている。

「雪さん、そんな格好をしていると、妙に色っぽいですぜ」

へへへ、と弥市が目をぐるぐるさせる。

「ちょっと！」

お仕着せの浴衣の前を合わせて、由布姫は恥ずかしそうに腰をくねらせた。その格好を見て弥市はまた笑う。

「そんな姿を見たら、千太郎さんが黙っちゃいませんぜ」

「なにをいうんです。馬鹿なことをいうのはやめてください！」

いつになくどぎまぎする由布姫に、弥市はその焦り方を見て喜んでいるのだ。

ここ天津小湊は日蓮《にちれん》が誕生した地といわれ、旅籠のすぐそばに誕生寺《たんじょうじ》という寺もある。いま、千太郎、由布姫、弥市の三人は鯛《たい》の浦《うら》と呼ばれる場所の旅籠、房州屋に泊まっているのだった。

どうしてこんなところに来ることになったのかというと……。

五日前のことである。

「当たりました！　当たりました！」

そういって、弥市が上野山下の片岡屋、離れに住む千太郎のところに飛び込んできたのは、辰《たつ》の刻になったかならないかの時分。

けたたましい弥市の声に、

「どうしたんです？」

いまやほとんど片岡屋に居候しているのではないかと思えるほど千太郎と一緒にいる由布姫が、弥市を迎えた。

懐に隠し持っている十手が邪魔なのか、ぐいと取り出して、

「当たったんですよ。富《とみ》くじですよ」

「富くじが当たったんですか？」

「そうですよ、そういってるんですよ」

「まぁまぁ、落ち着いて、順序良く話してください。そうでないと誰が当たったのか、いくら当選したのかもわかりません」

「雪さん、落ち着いてくださいよ。驚かないでくださいよ」

「ですから落ち着くのは、親分さんです」

「これが落ち着かずにいられますかって。いいですか？　徳之助が富くじに当たったんですよ」

「……なんだ。そうですか」

「ちょっと待ってください。当たったのは徳之助ですが、それをあっしがもらったとしたらどうです？」

「どうですとは？」

「……いや、驚かねぇかなぁと思ってねぇ」

「わぁ」

由布姫はわざとらしく驚いて見せる。

「…………あぁ。近頃じゃ雪さんも、頭がおかしくなってきましたぜ？」

「そんなことはありません」

「そうですかねぇ。あっしはそう思うんですがねぇ……そんなことはどうでもいいんです。問題は富くじです」

「話を止めているのは、親分ですよ」

「なにを止めているって？」

そこに、縁側から大きな声が聞こえてきた。千太郎が叫んでいるのだ。こちらの声が聞こえているのだろう。

「いま、そちらに行きます」

弥市の顔を見た千太郎は、ふむ、と挨拶ともなんともいえぬ声を出して、くいと顎を動かした。

　そこに座って話をしろ、といっているのだろう、と弥市は一度、由布姫を見てから喋りだした。

「ようするにですね。さっきも雪さんにいいましたが、徳之助が富くじに当たったんですよ。ところが、その当たりくじというのが、変わっていましてねぇ。ある旅籠のお泊り券だったんです」

「そんな当たりくじがあるんですか？」

　聞いたことがないと由布姫は、背中を伸ばして驚いている。

「まぁ、そんなことでもしねぇと、近頃は客が入らねぇのかもしれません。ところがなんと、それが江戸の宿券だってぇんですから、もらってもしょうがねぇ。地方からくる田舎もんなら、使いでもあるでしょうが、徳之助には及びじゃねぇってんで……」

「それで親分がもらってきたというのか？」

「早くいえばそんなわけです」

「遅くいっても同じでしょう」

　由布姫の言葉はにべもなかった。

「雪さん、そういっちゃぁおしまいでさぁ」

弥市は、どこか不服そうに口を尖らせる。せっかくいい話を持ってきたのに、といいたそうである。

「だが、そんなものをどうするのだ?」

千太郎は、あまり興味がなさそうである。

「ですから、あぁ、じれってぇなぁ。この宿券を発行したのが、品川宿の房州屋という旅籠なんです。その房州屋は房州に本店を持っているんですよ」

「それがどうした」

「そこでも使えるんです。どうです?　驚いたでしょう?」

「一向に」

あっさりと千太郎は、体をごろりと庭側に向けてしまった。由布姫もなんだという顔で、大きくため息をついた。ふたりともまるで興味はなさそうなのである。

弥市だけが息巻いているのだが、そんなふたりの態度に、がっかりしたのか、

「あぁ、せっかく三人分あるのになぁ」

つい愚痴をこぼしたのだが、

「なに?　三人分だって?」

千太郎の体がまた弥市に向けられる。

「そうですよ。ですからね、ちょっと遠出でもしてみませんか、と、まぁそんな話をしたかったんですけどねぇ」

「どうしてそれを先にいわぬか」

とうとう千太郎は体を起こして、座り直した。

「それならすぐにでも、道中手形を発行してもらわねば」

「へへへ、でしょう？　雪さんならすぐ手形をもらえるんじゃねぇかと思いましてね」

「あら、どうして？」

「だって、いままでの雪さんを見ていたら、どうもその筋と繋がりがあるように見えますから。へへへ、そんなことはない、とはいわせませんぜ」

「まぁ、今日の親分は強面ですこと」

「なんせ、ただで寝泊まりすることができるんですからねぇ。ただし、二泊ですけどね」

「それだけあれば、十分だ」

――というわけで、いま三人は、房州屋にいるのであった。

外から入る風は、潮の匂いに包まれている。山下あたりとはまったく違う、と弥市は喜んでいる。

波平に二晩江戸からいなくなると相談をすると、それなら代わりを出せと命じられた。もちろん冗談だとは知っていたのだが、

「では、徳之助はどうです？」

「あの者は、密偵ではないか。みんなに顔を知られてしまっては、都合が悪い。もっといい男を探せ。女でもよいぞ」

珍しく冗談をいう波平に、

「おやぁ？　例の方とうまくいってる証拠ですね？」

「なにぃ？」

「いえいえ、みなまでいわなくても、はい。十分わかっております。では、明後日から出掛けますので、留守の間、よろしくお願いいたします」

へへへ、と頭を下げたのであった。

二

海岸を歩いてみたい千太郎と由布姫が出かけていった後、弥市は近所を歩き回った。普段は、浅草界隈を見回りしている刻限のせいで、じっとしていられないのだ。

　旅籠の前には一本杉が立っていて、そこだけ日除けのようになっていた。そこは街道になっているのだが、弥市は土地鑑がないために、どこから来てどこに行く街道なのかよく知らない。

　烏《からす》がやってきて、一本杉の枝に止まり弥市を見つめている。時期的には巣作りは終わったはずだ。

　なにを見ているんだ、と毒づいても烏はがぁと鳴くだけで、逃げようともしない。房州の烏は大胆だ。

　遠くの海には白帆が並んでいる。

　そんな大きな船ではないから、漁でもしてるのだろう。

　誕生寺は総門と板塀に囲まれている。日蓮が有名なお坊さんだとは知っているが、弥市は無信心なので、あまり興味はない。それでも一応境内に入ってみることにした。

総門を潜って境内を歩くとすぐ石段があり、その上にあるのが仁王門だ。宝永《ほうえい》三年(一七〇六)の建立《こんりゅう》で間口八間。宝暦《ほうれき》の大火でも焼け残ったらしい。楼上の般若《はんにゃ》の面は左甚五郎《ひだりじんごろう》が彫ったといわれている。

すぐ前を行く信者らしきふたりのそんな会話を聞きながら、左甚五郎という名は知っているが、会ったことはねぇ、と弥市は呟きながら横を追い越した。

境内にはそれほど大勢いるわけではなかった。ときどき、数人が組になって歩いている。

旅行者のような者もいる。おそらくは、旅の行商人たちだろう。このあたりに住む漁師たちは赤銅色《しゃくどういろ》に焼けているので、区別がつくのだ。

と、境内の小さな石の上に腰を下ろして、煙草を吸っている男がいた。尻端折《しりはしょ》りにパッチを穿き、草鞋《わらじ》は擦り切れている。目に険《けん》がある。どう見ても土地の人間ではない。

――野郎、ただのねずみじゃねぇな。

こんな場所に来てまで、御用聞きとしての鼻が利く。

懐には十手を隠しているが、それがばれないように、うまく体を横にしながら男の前を通り過ぎた。

そのまま直進するとお堂がある。その前まで行って、頭を下げる真似事をしてから、男がいるところまで戻った。

煙管《きせる》を煙草盆にポンと叩いたその姿は、いかにも旅慣れていると感じられた。弥市は、ゆっくりと男の前を通り過ぎながら、持ち物を探る。

風呂敷包みを手にしている。なにが入っているのかは知らないが、旅に風呂敷包はそぐわない。

どこかずれた感じを受けたが、だからといって、そこで声をかけて探りを入れるわけにはいかないだろう。

江戸の岡っ引きがこんなところで力を使うわけにはいかない。土地にも御用聞きはいる。

男が顔を上げた。

「…………」

弥市と目が合った。

軽く会釈をしてから、男はまた煙をゆっくりとくゆらせた。その姿からはどこといって怪しいところはない。

さっき一本杉に止まっていた鳥なのかまたほかの鳥なのかわからないが、一羽の鳥が道端に降りてきて、草の間をつついている。

その鳥に向けて、男が拾った石を投げつけた。石は放物線を描いて、鳥のすぐそばで落ちた。

驚いた鳥がばたばたと飛び立つところを、男はじっと見ていた。にやりと笑ったようにも思えた。

鳥にいたずらを仕掛けたように見えるが、弥市にはそれ以上のなにかを感じた。

普通の旅人なら石など投げない。どちらかといえば、持っている荷物のなかから餌になりそうなものでも取り出して投げるところだろう。

だが、男は石を放った。

その体捌きは、ただの行商人とは思えなかった。ほとんど、指を弾いただけで石を飛ばしたからだった。

猫がいたら、猫にも石をとばしていたかもしれない。男の体からはそんな剣呑《けんのん》な雰囲気が醸し出されているのだ。

まさか弥市が岡っ引きとは思わず、予定外の行動を取ったのだろうが、弥市はしっかり目に焼き付けた。

江戸から離れてゆっくりしようと思っていたのに、と思うと野暮《やぼ》な性分だと思う。

ひょっとしたら、弥市の思い過ごしということもあるではないか。

いや、そうではない——。

弥市には自信があった。いままで読み外したことはない。

あの男は、確かにおかしい。普通の商人ではない。だからといって、盗人、あるいは兇状持ち《きょうじょうも》と断言できるわけではないだろう。

それでも弥市は、あの野郎はこの界隈で悪事を働く、あるいは、なにかを狙っている目つきだ、と判断する。それだけの動きを奴は持っていた。

これは、なんとか千太郎に伝えておいたほうがいいだろう。また、御用聞き根性が出た、と笑われるかもしれないが、目の前に悪事の種があるのに、そのままにしておくのは、江戸の十手持ちの名がすたるというものだ。

旅籠に戻って、弥市は千太郎たちが戻ってくるのを待った。

千太郎と由布姫は、なんとなく顔を赤くさせて戻ってきた。

どうやら、陽に焼けたらしい。そんなに強いとは思わなかったのだが、やはり海辺の日差しはどこか違うようだ。

首を搔きながら、千太郎は、海はでっかいなぁ、などとはしゃいでいる。由布姫は、きれいな海でしたねぇ、と喜んでいる。品川の海だって綺麗です、といおうとして、弥市はやめた。

余計なことをいうと、また、どんな仕打ちをされるかわかったものではない。このふたりが嵩《かさ》になってかかってきたときには、たまったものではない。

だが、あの誕生寺で会った野郎のことだけは伝えておかないといけない。どこの旅籠に泊まっているのか、確認をしておいたほうが良かったかと思ったが、あの段階で尾行するのは、無理のようだった。

さっき見た感じだと、まだこのあたりにいるはずだ。

鯛の浦から離れることはないだろう。もし、離れるとしたら、草鞋《わらじ》はもっと新しいものに変えている。あのまま旅出る雰囲気ではなかった。

「親分、なにかいいたそうだが、いかがした？」

さすがに千太郎は、弥市の気持ちに気がついた。

「実は、さっき誕生寺に行ってきたんですがね。どうにも嫌な雰囲気の野郎と出会ったんです」

「嫌な雰囲気の男？」

由布姫が首を傾げる。こんなところに来てまで、他人をそんな目で見ているのか、といいたそうである。だが、弥市はここでやめる気はない。

「へぇ、どうにも剣呑な野郎でして」

鳥に石をぶつけた話をすると、

「ただのいたずらのつもりではなかったのですか？」

由布姫は、せっかくあまり来ることのない房州にやって来たのだから、もっと楽にしていたらどうか、という目つきである。

「まぁ、あっしもこんなところに来てまで、十手風を吹かせるつもりはありませんが、どうにも気になりましてねぇ」

「まぁ、親分がそういうのなら、なにかあるのかもしれんぞ。悪い奴はどこにでもいるから」

「そういわれてみたらそうですねぇ」

ようやく由布姫も同調した。

「だが、どこの宿に泊まっているのかわからぬのであろう？」

「あの調子だと、また誕生寺に行くかもしれません。そのときには後をつけて、どこに泊まっているのか、見つけておきましょう」

「それがいいな」

それからは、ふたりのこのあたりの海の景色は素晴らしい、風が気持ちがいい、木々が生き生きしている、など、ひとしきり鯛の浦の賛歌が始まった。

「楽しかったようで、ようございました」

嫌味ではなく、弥市は本当に本気で答えた。


翌日も晴天だった。

戌《いぬ》の刻、弥市は起きて念のためと思い、誕生寺まで歩いてみた。

まだ、汗をかくほどではない。

朝の間に商売をしてしまおうとする棒手振りの魚屋や、しじみ売りなどの声が聞こえる。遠くの海を見ると、漁から戻ってくるのか、数隻の船も見えていた。

総門の前に立った弥市は、周囲を窺ってみる。

昨日の男がいるかどうか、確かめたのだ。だが、境内にいるのは、朝のお参りに来ているのだろう、土地の者と思える人たちだけだった。

そのなかに、若い娘がこちらに本堂から戻ってくる姿が見えた。

「あら？」

娘が、弥市の顔を見ると小首を傾げる。

「なんだい」

　思わず、非難の声を上げてしまう。

「あのぉ……どこかでお会いしたような気がしまして。申し訳ありません。おそらく人違いかと思います」

「……誰と間違えたんだ」

「私、江戸から来ているのですが、山之宿にいる親分さんかと思ってしまいました。失礼の段、お詫び申し上げます」

　弥市は驚きの声を上げる。

　まさかこんな場所で、自分を知っている者がいるとは、思いもよらない。だが、すぐそれは俺だ、とはいわない。どんな罠《わな》が待ち受けているのか、わかったものではない。

「山之宿の親分を知っているのかい」

「そうですねぇ、町を流している姿を何度か拝見したことはあります」

　流していた、というのは見廻りのことだろう。

「というと、あんたは浅草界隈に住んでいるのかい？」

「はい。田原町《たわらまち》の一丁目に住まいがあります」

それなら、弥市の顔を知っていてもおかしくはない。

「そうか、それなら正体を明かすしかねぇ。俺がその山之宿だ」

「あ……やはりそうでしたか。よく似た方がいるものだ、と先ほどから感心していたのです」

本堂にお参りをした後、こちらを見たとき、弥市に気がついたという。

「こんなところまで、大変でございますねぇ。御用のむきでございますか？」

「なに、ちょっとな」

宝くじが当たったとはいえるわけがない。曖昧《あいまい》な返事だけで止めておく。それに、相手はこっちを知っているらしいが、弥市はこの女を知らない。

大店の娘ならだいたいは見知っているが、小店や、長屋に住んでいる女の顔まですべてを知っているわけではない。

ひょっとしたら、女が嘘をついてるかもしれない。

疑いたくはないが、岡っ引きは敵も多いだけに、慎重なのだ。

女は取り立ててそれ以上突っ込んだ質問はしてこない。こちらの思い過ごしだろうか、と弥市はもう一度、女の顔をじっくり見つめる。

やはり、会った覚えはない。

「あの、そんなにじっと見つめられますと、恥ずかしいですわ」

「あ、すまねぇ」

「いえいえ、親分さんが私を知らなくても、当然だと思います。ちょっと前に家移りしてきたばかりですから」

「あぁ、そうか。じゃぁ、その前の住まいはどこに？」

「……身元調べですか？」

半分困ったような顔で、女は弥市を見つめる。夏の光に反射した瞳が麗しい。

「いや、そうじゃねぇんだがな。まぁ、これが御用聞きの癖だと思っていてくれねぇか。別に他意はねぇんだ」

「はい、わかっております。ですが、やはり」

「いや、まぁ、いいさ」

仕方なくそう答えた。本当はきちんと訊いておきたいのだが、これ以上女を困らせても得はない。

「まぁ、いいんだが。名前くらいは訊いてもいいかい？」

「はい、失礼いたしました。これでは、疑われても仕方ありませんね。申し訳ありません。田原町一丁目に住んでいる春江《はるえ》と申します。生まれは、越後《えちご》の新発田《しばた》です。江戸に出てきたのは三年前。両国に住む親戚に厄介になっていたのですが、いまは田原町でひとり住まいでございます」

「これは、ていねいに。すまねぇな」

「いえ、最初からきちんとお伝えしておけばよかったのです」

「いやいや、すまねぇ」

どうしたんだ、と弥市は自分の心を疑う。

すっかり、この春江という女の態度に腑抜けになったしまったようで、なんとも尻の座りが悪い。

春江は、そんな弥市を見ながら微笑んでいる。

三

千太郎は、弥市が見たことのない娘を連れて来たのを見て、

「親分も手が早い」

「違いますよ。頼まれごとをしたんです」

「それだけかな?」

「ほかになにがあるんです？　そんなことより、ちょっと話を聞いてあげておくんなさい」

「親分は近頃、よく娘にいろんな相談を受けるではないか。なにか祈願でもしたのかな？」

「そんなことはありませんや。たまたまです。ですから、話を変えるのはやめてくださいよ」

困り顔で弥市は由布姫に助けを求めるが、由布姫はたいして興味がなさそうだ。むしろ、春江を見て、かすかに顔をしかめたようである。

弥市は、それに気がついたが、といって話をやめる気はない。由布姫の嫌そうな顔は知らぬふりをして、

「じゃ、春江さん」

話を促すと、春江は、はいと科《しな》を作りながら、

「家宝を盗まれたのです」

と悲しそうな顔を見せる。

「家宝、とな？　それはどんなものであるかな？」

潮騒《しおざい》が聞こえてくる旅籠の二階。部屋から外を眺めることができるが、気持ちを春

江に向けようとしたのか、千太郎は外側の障子戸を閉めた。光が遮《さえぎ》られたが、かえって春江の顔がはっきりと浮かび上がった。

由布姫は、春江から目を離さずにじっと見つめている。なにか裏をあぶりだそうとするような目つきだった。

春江はそんな由布姫の視線を感じているのだろう、かすかに身動《みじろ》ぎしてから、

「家宝というのは、舞扇です」

何代か前の先祖が、ある大名の殿様から賜ったものだ、という。

それが、一ヶ月前盗人に入られて、持って行かれてしまった。それをなんとか取り戻したい、というのである。

「それが、ここ鯛の浦にあるということなんですかい？」

弥市は、同情の目つきをしながら問う。

「はい」

「住まいは田原町という話だったが？　実家は商売を？」

「いまは、父も隠居をして親戚の手に渡っていますが、以前は越後新発田の、廻船問屋でした。私はなんとか江戸に出てみたいと思っていたもので、許しを得て奉公に出て来ました」

「なるほど」

弥市はじっと春江の言葉を聞いている。千太郎の気持ちが気になるのだが、例によってへらへらしているだけなので、本心を図ることはできない。

問題なのは雪だった。

春江を見る目は先ほどと変化はない。春江の言葉に疑いを持っているように見える。いつも冷静な雪だからこそ、弥市は気になっているのだ。

ちらちらと目を動かしながら、

「で、その舞扇が越後新発田の店から盗まれてしまった、ということですかい？」

「はい、私がこちらに出てくる前のことだったのですが、そのときは父も扇はあると考えていました。でも、親戚に店を渡すときに、蔵を調べていたら、なくなっていたことに気がついたのです」

「ふうむ。それは盗人としては、腕があるということなのかもしれんが」

「父は、こそ泥が入ったのだろう、と考えているようでした。ときどき、周囲の店が狙われていたようでしたから」

春江の言葉を弥市は信じているようだが、千太郎はと見ると、目をつぶってしまっているために、その心を図ることができない。

と、閉じていた目をかすかに開いて、

「では、春江さんは、その宝を見つける手伝いをしてくれ、というのかな？」

「誕生寺で弥市親分と会ったのは、これが百年目と思いました」

「なんだか、敵討ちみたいだが、まぁ、似たようなものか」

にやけながら、千太郎はなおも問う。

「で、その舞扇というのは、どんなものなのだ？」

「はい。越前《えちぜん》の高田《たかだ》で作られている縮緬《ちりめん》を扇の飾りに使ったそれは豪華なものだと聞いております」

「なんだ、見たことはないのか」

「はい。蔵の奥に仕舞われていたということでしたから」

「なるほど」

「子どもの頃、何度か舞扇の話を聞いたことはありましたが。両親は見せてくれませんでした。よほど大事にしていたのだと思います」

「それは、まぁ領主からいただいたとしたら、大事にするだろうなぁ」

やたらと千太郎は、頷いている。

春江も両親はそうでしたねぇ、と遠くを思い出すようだ。だが、子どもが見たいと思っても、一度も見たことがないとしたら、よほど大事なものだったに違いない。

それを盗まれたとなったら、これは黙っているわけにはいかない。弥市は、何とか助けてあげたい、と思っているのだろう、物欲しそうな顔で千太郎をちらちらかすめ見ている。

「よし、ここまではわかった。ところで、江戸住まいの娘が、どうしてこんな鯛の浦などに来ているのだ？」

「はい、それがその舞扇を盗んだこそ泥がこちらの出身だと判明したからです。もともと大泥棒が入ったという形跡はありませんでした。ですから、空き巣狙い程度がいたずらに持って行ってしまったのだろう、と思っていたのです。土地の御用聞きから教えてもらうと、数ヶ月前から家の周囲で、空き巣狙いが横行していたといいますので、そのうちのひとつかと」

「その下手人が、この鯛の浦の出身だと？」

「はい、ついこの前、父から文が来まして。矢も盾もたまらず、こちらに……」

「それなら筋がとおっている」

千太郎のその言葉に、弥市は安堵する。

「じゃぁ、旦那……ひと肌」

「脱いでみるか」

「そうこなくっちゃ。せっかくここまで来たかいがねえ」

「おいおい、房州の海を楽しみに来たのだぞ。働きに来たのではない。勘違いされたら困るではないか」

「まぁ、それはそうですが」

へへへ、と弥市は春江を見て懐に手を入れて、おっとといいながら慌てて十手の柄から手を離した。


「で、なにか新しいことがわかったのかい？」

「はい、実は……」

春江は、一段声を落として、

「このあたりで旅姿をしながら出かける様子のない行商人を見かけました」

「ちょっと待ってくれ」

弥市は、声を張り上げた。

「似たような男を、あっしは誕生寺で見ましたぜ」

「よく境内で煙草を吸っているのです」

「そうだ、間違いねぇ。あの野郎だ」

懐に手を入れたり出したり忙しい弥市の動きを見ながら、千太郎は目を細める。

「その男に見覚えでもあるのかな？」

「はい、姿形は変えてありますが、いまから十年は前のことです。私がまだ両親と一緒に暮らしていた頃、店の前をうろうろしていた男に似ています」

「顔を覚えていると？」

そのとき、春江はまだ十代も半ばだったから、その男が盗人につながるとは考えなかったという。

「その男が近所をうろついていると知った母が、よそ者には気をつけなさいといった言葉が頭に焼き付いていました。そのときの男の顔に似ていると思えるのです。そして舞扇がなくなったことに気がついた頃には、その男の姿は見えなくなっていました」

「子どものときに恐ろしい思いをしたら、覚えているもんだからなぁ」

弥市は、春江の言葉に頷き続けている。

それでも、由布姫の顔だけがすぐれない。

春江の言葉に疑惑があるのか、どことなくよそよそしいままだった。弥市は、気になるが、千太郎が動いてくれたらそれでいいのだ。

「で、どうします？」

千太郎に策があるか、尋ねると、

「ふむ。まずはその行商人とやらを探ってみることにしよう。春江さんの記憶が確かなら、その男が第一の手がかりだ」

「じゃ、あっしがすぐ」

張り切りながら弥市が答えた。今日は口を尖らせるより、鼻の穴が拡がっている。

弥市が立ち上がろうとしたら、

「私も行きましょう。春江さんは顔を覚えられているかもしれません。私と親分さんのふたり連れのほうが警戒されなくていいと思いますよ」

「え……」

「私では力不足ですか？」

「いえいえ、そうじゃありません。さっきからあまり興味ありそうではなかったので、驚いたんです」

「私も舞扇を見たいと思ったからですよ。どんなものか知りたいですから」

「雪さんが手伝ってくれるならありがてぇですよ」

いままでにこりともしなかった雪が自分から手伝う、と言い出した裏にはなにかあるのだろう。だが、いまのところはそんな顔はできない。弥市は、素直に喜ぶことにしたのだった。

四

翌日、弥市は、由布姫と一緒に誕生寺へ行ってみることにした。そこで何度も煙草を吸っている姿を春江は見ていたらしい。

卯《う》の刻に出たからまだ朝のうちだ。

早朝の鯛の浦の入江はなんとなく朝日から昼になる太陽が迫ろうとする雰囲気があった。風は爽やかに街道の木々の葉を揺らす。ときどき道中合羽を来た旅人や、数人の町人が通り過ぎるが、みなのんびりしたものだ。

「こう見ていると、江戸の人はせっかちだとよくわかりますねぇ」

由布姫が、笑いながら弥市に語りかけた。

「へぇ……どうにも、普通に歩いていてもあっしだけ早歩きしているように感じます」

「のんびり暮らしていけたらいいですねぇ」

「へぇ……」

由布姫とふたりきりになる機会はないせいで、弥市の態度が硬い。

「どうしたんです？　いつもの親分とはちょっと違うような気がしますが？」

「へへ、雪さんとの道行きがなんとなく、こっぱずかしくて」

「まぁ」

楽しそうに笑った顔に弥市は、少し安心したのか、

「ところで、野郎、今日も来てますかねぇ？」

「どんな男なんです？」

「春江さんもいってましたが、まぁ普通に見ると行商であちこち歩いているような雰囲気なんですがねぇ。でも、目がなんとなく険《けわ》しいので、どうもただのねずみには見えません」

「そうですか……その男は春江さんが、舞扇を持っていた店の娘だと気がついているんでしょうか？」

「さぁ、どうですか。その野郎が越後新発田にいたのは、だいぶ前のようですから。それにその当時、春江さんはまだ子どもだしなぁ」

「そうですね。女の人は年齢でずいぶん変わりますから」

へぇ、と弥市は頷く。

確かに見回りをしていると、娘に声をかけられても、気がつかないときが多々ある。子どもだと思っていた娘がつんつるてんの小袖から、振り袖を着るようになると、まったく別人に見えるのだ。

そんな経験があるから春江にも気がつかないのはないか、と弥市はいいたいのだった。

「そうですねぇ。若い娘さんは特に変化が激しいですからね」

由布姫も、頷いている。

「親分がその怪しい男と会ったのは、どのあたりですか？」

境内には、気持ちのいい風が吹き抜けていく。

参拝客はちらほら見えるが、それほど大勢歩いているわけではない。男がいたら、すぐわかるはずだった。だが、総門から仁王門、本堂の周りを歩いてみたが、男の姿はどこにもなかった。

今日は来ていないのだろうか、と弥市が呟いたとき、

「あそこに見える男ではありませんか？」

由布姫が、総門のほうを合図した。弥市が、顔を向けた。

夏だというのに、紺色の小袖を着ている。股引《ももひき》は履かずに、尻端折りをしているから、涼しそうには見えた。

風呂敷包みは持っていない。

毎日この境内に来るには、なにか理由があるのではないかと思うのだが、それはわからない。

願掛けでもしているのかと思うのだが、その様子もない。お参りをする雰囲気がないのだ。ただの暇つぶしに来ているのだろうか。

男は、例によってまた弥市が見たときと同じ石に座った。おもむろに煙草入れを取り出し、ゆったりと煙をくゆらし始める。

「なんだか、優雅な感じですねぇ」

初めて男を見た由布姫はそんな科白を吐く。

「むしろそれがかえって怪しく見えます」

確かにこんな寺の境内で、煙草の煙をくゆらしている者などいない。由布姫は誰かを待っているのではないか、と呟いた。

「確かに……あんなに悠然として、毎日同じ刻限あたりにここに来ているのは、誰かを待っているかのかもしれませんねぇ」

「だとしたら、仲間かもしれませんよ」

「野郎に仲間がいるとしたら、このあたりでなにか大きな悪事を計画しているのかもしれねぇ」

「周辺にお宝でもあるのでしょうか？」

「どうですか……ちっと調べてみましょう」

弥市は、由布姫から離れて寺の寺務所に向かった。

由布姫の目の前に烏が寄ってきた。草が生えているところの境目をつんつんとついばんでいる。そのあたりの虫を食べているのだろうが、どうも気になるが、へたに刺激して襲われても困る。由布姫は、じっと烏の動きを見ている。

その間に弥市は寺務所に行く途中で、箒《ほうき》を使っている若いお坊さんと話をしている。

お坊さんは首を振りながら、弥市の質問に答えているようだ。

やがて、弥市は頭を下げてから由布姫のところに戻ってきた。

「この寺にはなにかそれらしきものがありそうですが。でも、それを盗むというのは現実的じゃありませんねぇ。第一、金にならない」

「ほかには？」

「このあたりになにかお宝があるかどうか訊いたのですが、この辺に住む人の心です、なんてぇことをいわれて、話になりません」

その言葉に由布姫は、微笑むしかない。さすが、お寺の坊さんである。

そうこうしている間に、男が立ち上がった。

由布姫は、弥市に目配せを送る。

ふたりは、男がどこに行くか尾行しようというのだった。

男は仁王門から総門へと向かい、街道へと向かう。

尾行するふたりは、少し後から進んでいった。男が弥市のことを覚えているに違いない。

「親分は、ここで別れましょう」

「それはいけねぇ。雪さんになにかあったら、千太郎の旦那に殺されてしまいまさぁ」

「大丈夫です。私の腕を知ってますね」

「はぁ……まぁ。それはそうだが」

「親分は一度顔を見られています。私は今日初めてです。途中から姿を隠してついていけば、気がつかれないでしょう」

「大丈夫ですかねぇ」

「少し、後ろから私を追いかけてください。それなら心配ないでしょう」

「わかりやした」

答えると弥市は、あからさまに延びをすると、大きな声を出した。

「じゃ、あっしはここで」

男に別れたと思わせるためだった。一瞬、男がこちらを見たような気がした。顔がかすかに横を向いたのだ。

由布姫は、わざとゆっくりていねいに弥市におじぎをする。男は横目で見ていたはずだ。

「私はこちらへ」

弥市は海側に向かい、由布姫は旅籠のほうへと向かった。海側にはなにもないが、めくらましくらいにはなっただろう。

男は、街道を北に登っていった。

街道筋には、ぽつんぽつんと旅籠や大きな家が建っている。その間を縫うように進んでいく。

なだらかな坂道になったところに出ると、男はその坂道を登っていく。周囲は畑と雑木林だった。

男はその林のなかに入っていく。こんなところになにがあるのか、と由布姫は首を傾げた。

自分を誘い込もうとしているのだろうか？

一瞬、危険を感じたがここまで来て戻るわけにはいかない。

後ろには、親分もいる……。

その気配を感じることができた。

と思って、振り返ると弥市ではなかった。

誰かわからないが、いま確かに黒っぽい小袖を着た男が由布姫の目から外れようと林のなかに飛び込んだ。

なにかがきらりと光ったような気がした。

——誰なの？

自分たち以外にも、あの男を見張っている者がいるのか？

あの男の仲間か、それともまた別の敵か味方か？

この土地に味方がいるはずはない。なにしろ、初めて訪れた土地である。知った者はひとりとしていない。

由布姫は、人が隠れた方向に目を向けていたが、姿は見えないままだった。ひょっとしたら、弥市が見ているかもしれない。後で確かめてみようと腹をくって、先に進んだ。

途中、林のなかに小さな地蔵堂があった。その前には誰かが置いたのだろう、食べ物が散らばっていた。鳥がつついたに違いない。

地蔵堂の前を通り過ぎていくと、小さな納屋《なや》らしき建物が見えてきた。板葺きの屋根で質素なものだった。

周囲を申し訳程度の垣根がぐるりと回されている。納屋にしては、整理されている場所だった。

男は、一度後ろを振り返った。

尾行されていないかどうか確かめたらしい。慌てて、由布姫はすぐそばにある大きな杉の木の後ろに身体を潜ませた。

男には気がつかれなかったはずだが、どうかわからない。

男は納屋の前で、腰を下ろした。

なにをしているのか、由布姫には見えない。なにかを拾っているようだ。

見ていると小枝らしい。

それを男は、ていねいに見ている。そんなものをどうして大事にしているのか、由布姫には判断がつかない。

その小枝をぽんと捨ててから、納屋の戸を開きそのなかに体を滑らせた。

がたんという音が聞こえてきたが、それからは静かになった。

この納屋が男の隠れ家に違いなかった。

果たして、あの男が本当に春江の家から舞扇を盗んだのかどうか、それは、まだはっきりしない。

なにか目に見える証拠がほしい。いま、あの納屋に踏み込んでしまったらどうだろう。

しかし、もし消えた舞扇とはまったく関係がなかったら、とんでもない間違いを犯すことになる。

男に動きはないようだった。

物音も聞こえない。聞こえるのは、空を飛ぶ鳶の鳴き声と、風に揺れる葉擦れの音だけである。

そう思って窺っていると、じつに静かなものだ。目をつぶると危険なところにいるとは思えない。

しばらく、納屋を見張ったが、男が外に出る様子はない。

少し考えて、由布姫はいま来た道を戻り出した。男に見つからないように、身体を縮めながら、道を戻ると、

「雪さん……」

弥市が地蔵堂の前で待っていた。

「なにかわかりましたかい？」

「男は、この先にある納屋に入りました」

「そこが塒ですかねぇ？」

「そうかもしれません。でも、あの男が本当に春江さんの家に押し入ったこそ泥なのでしょうか？」

「……春江さんはそういってますが？」

「見間違いということはありませんか？　春江さんはそのときまだ子どもだったのでしょう？　大人はみな同じに見えます」

「そうかもしれませんが……まぁ、疑い始めたらとめどもなく意味がわからねぇことになりますからね。いまのところは春江さんの言葉を信じて行動したほうがいいような気がしますがねぇ」

「……そうですね。とにかく男はこの先の納屋にいます。ところで、私たち以外、誰か見ませんでしたか？」

「他に人がいたんですかい？」

「いえ、誰とも会っていないのならいいのですが」

由布姫は、気のせいだったのかと考えていると、

「どうしましょう。ここでふん縛ってしまうという手もありますが」

弥市が納屋の方向を見ながら、腕まくりする。

「それはどうでしょうねぇ。まずは千太郎さんに伝えましょう。それからでも遅くはありません」

「じゃ、あっしはここで野郎を見張っています。逃げられたら困ります。もしなにか起きたら、後をつけますから」

「わかりました。千太郎さんと話がついたら、すぐ戻ってきます」

へぇ、と弥市は返事をして懐に手を突っ込んだ。

「まかせておいてくだせぇ」

「くれぐれもひとりで、無茶なことはしないでくださいよ」

「わかってまさぁ」

懐に突っ込んだ手が十手を摑んでいた。

五

千太郎は、由布姫の話を聞くと、腕を組みながら、

「その男が本当に、例のこそ泥だとしたらどうなるか……」

「……どういう意味です？」

「いや、どうにも話がうますぎると思ってな」

いま、春江は自分の部屋に戻っている。

「じつは、私もなにか引っかかるものがあるのです。あの春江さんという人は信用できるでしょうか」

「最初から、疑わしいと睨んでいたようであったなぁ」

「なんとなくですが、女の勘です」

「女同士、なにか感じるものがあるのだろうか」

「そうかもしれません。違っていたなら、それはそれでかまわないのです。私としても弥市親分があれだけ入れ込んでいるのですから、あまり水を差したくないのです

が」

「なに、親分はいつもあぁなのだ。女には弱い」

千太郎が笑っていると、

「声が聞こえましたので」

そういって、春江が廊下から声をかけてきた。

由布姫は、男が納屋に入っていったのを確かめて、いまは弥市親分が見張っていると伝えると、

「すぐ行きましょう。あの男が私の舞扇を持っているのです！」

その慌てぶりに、由布姫は眉をひそめた。

千太郎は、よしといって立ち上がった。

由布姫は、ふと顔を曇らせて、

「私は、なにか起きたら困るので、ここで待っています」

「待ってる？」

いつもなら一緒に来るはずだ、と千太郎は目を細めた。

「はい。力仕事はあまりしたくありませんからね」

そんな言葉を聞いたことがないと、訝しげな目をした千太郎だったが、

「では、留守を頼む」

あっさりと頷いて、千太郎は春江と一緒に出て行った。

と——。

留守を守るといった由布姫は、おもむろにふたりが消えたのを確かめてから、旅籠を出た。

——春江さんは信用できない。

心で呟きながら、林のなかで誰か自分たちをつけていた者がいたことが気になり、いろいろ考えた。その結果、

「あそこできらりと光ったのは、十手だったのでは？」

そう辿り着いたのである。

あの光り方を以前見たことがある。似たような光り方を知っている。

そう、あれは弥市親分がときどき十手を取り出したときに、陽の光が反射したときの光り方に似ていた。親分は、誰も見てはいないと答えたが、もし十手持ちだとしたら、このあたりの岡っ引きだろう。

そうだとしたら、土地鑑があるのだから由布姫たちの目をかすめるのは、簡単だ。

そう結論づけて、由布姫は地の岡っ引きを探すことにしたのである。

階段を降りたところで、女中に会った。

このあたりに住む、御用聞きを知らないかと尋ねると、近所に住んでいると教えてもらうことができた。普段は、番屋にいるのだが、さっきこの先を歩いて行くところを見た、というのである。由布姫が男を追っていたときと同じ頃合いの話だった。

女中から聞いた家を尋ねると、

黒っぽい小袖を尻端折りにして、いまどこかから戻ってきたという雰囲気だった。体から埃の匂いが漂っている。

さらに由布姫の顔を見て、男は驚きの目をしている。その目で由布姫はこの男がさきほど自分の後ろにいた男だと判断する。

「あなた、さきほど私を見ましたね」

「誰だ、あんたは。建造《けんぞう》の仲間かい」

「あの男は建造というのですか。私は仲間ではありません。ちょっと気になることがあり、あの男を探っていたのです」

「探っていた？」

「はい。申し遅れました、私は江戸からきた雪と申します」

ていねいにおじぎをしたその姿に、目の前の岡っ引きは気後《きおく》れしたのか、

「あ、すみません。あっしは御用聞きの喜六《きろく》というもんです」

「喜六さん……さっそくですがあの建造というのは何者ですか？」

「知らねぇで探っていたんですかい？　いってみたら胡麻《ごま》の蠅《はえ》のような野郎です。あちこちでこそ泥をやりながら、旅をしているというけちな野郎ですがね。人相書が回っていまして、それを見たら野郎がそっくりだったんでさぁ」

「それでつけていたのですか」

「そうしたら、あんたが先にいた。驚いて隠れましたが見られていたとは、俺も大したことねぇなぁ」

「建造というのは、どんな咒状を持っているのです？」

「人相書には、いろいろ書いてありましたが……」

「越後新発田で、盗みを働いた件はどうでしょうか？」

「あぁ、越後でも悪さをしたらしいです。扇を盗んだとか書かれていたような気がします。いま、手元にねぇので確かなことはいえませんが」

　人相書は番屋に置いてあるのだという。

「そうですか」

　春江の言い分は、間違っていなかった。

自分の目が節穴だったのか？

由布姫は、悔しそうな顔をすると、

「雪さんといいましたね？　房州屋にお泊りでしょう」

「あら……ご存知でしたか？」

「あそこには……」

そういって、喜六は声を落とすと、さも重要な話をするように顔を近づけてきた。

「じつは……」

喜六の囁きを聞いて、由布姫は飛び上がらんばかりに驚いている。

「ですから、あっしの手伝いをしてもらえたら助かりますが」

「わかりました。でも、どうしたらいいのでしょう？」

ふたりは、旧知の間柄のように内緒話を始めた。

その頃、千太郎たちは弥市の案内で、地蔵堂から納屋に向かう場所にいた。

「ここで、私はお待ちしてます」

春江は地蔵堂で待っているというのである。

「野郎の顔を拝んで、罵倒でもしてやったほうがいいんじゃありませんかい？　その手伝いをしますぜ」

弥市は、春江の役に立ちたいと思っているのだろう。千太郎はそんな弥市を見て、にやにやしているだけだ。

「まぁまぁ、親分、春江さんは素人さんだ。捕物などに加担させたら可哀想ではないか。それに怪我でもされたら困る」

「そうですかい。あっしの勇姿を見せられねぇのは残念だが、まぁ、しょうがねぇ」

「親分さん、よろしくお願いいたしますね。あ、それからあの男を捕まえたら、目隠しをしてください」

「目隠しを？」

「はい、あの者に私の姿を見られたくないのです。子どものときに一度会っているはずですが、そのときのことを思い出されるのは、あまり良い気持ちはしません。ですから」

科《しな》を作りながら、弥市の手を取った。

「お願いします、親分さん」

「あ、あぁ、わかった。そういうことならおめぇさんの顔は見られねぇようにしておこう。そうだな。子どもの頃を知られていて、成長した姿をまた見られるのは、嫌なもんだろうぜ」

「ありがとうございます、親分さん」

弥市は、すっかりやに下がっている。


納屋の前に着くと、千太郎はずかずかと戸口の前に進んでいった。

一匹の鳥が、足音を聞いて逃げ出した。

それを合図にしたように、千太郎は戸をどんと蹴飛ばした。

何度も蹴飛ばしていると、なかからがたがたと音が聞こえてきた。心張り棒をかけていたのか、がたんと音がして戸が開いた。

男の顔が見えた。

ほかには仲間がいるようには見えないが、千太郎は確かめる。

「おまぇひとりか」

「……？　あんたは？」

「私は、江戸の目利きだ。目利きの千ちゃんとでも呼んでくれたらよろしい」

「惚《とぼ》けたことを。用はなんだ」

「ここをもっと開いてもらいたい」

「ふざけんじゃねぇぜ。どこの誰かもわからねぇさんぴんのいうことなんざ聞くかい。ここは江戸じゃねぇぜ」

「なるほど」

そういうと、弥市を呼んで一緒に戸を思いっ切り開いた。土間《どま》が目に入り、その先には板の間があった。納屋のわりにはしっかり作られている。壁際には、銛《もり》だろうか漁師が使うような道具が立てかけられていた。

「お前、名前は？」

「やかましい！」

開いた戸から、男が飛び出してきたその瞬間、千太郎は足を引っ掛けた。

男はその場でひっくり返って、ぐるぐると納屋の前に転がった。すぐ弥市が飛びつき、

「やい、てめぇ！　名前は！」

「やかましい。てめぇこそ誰だい！」

揉み合いながら、納屋の前をごろごろ上になったり下になったりしている。

千太郎はそれを見ながら、半分笑っている。

男は侍ではない。刀を差しているわけでもなければ、剣術の覚えがあるようにも思

えない。とすると、弥市で充分だろう。

転がりながら、埒が明かないと思ったのだろう、弥市は十手を取り出して、頭を殴りつけた。

「う、いてぇ！　くそ！　汚ぇ手を使いやがって」

「なにぃ？　捕物に汚ぇもなにもねぇんだ！」

「捕物だと？」

男の動きが止まった。

まさか弥市が江戸の岡っ引きだとは夢にも思っていなかったはずだ。

「おめぇ、御用聞きか！」

「名前は！」

「……それも知らねぇで襲ってきたとは、ふてぇ野郎だ」

「どっちがだ！　盗人猛々しい野郎だぜ」

今度は、十手で脛《すね》を思いっ切り叩きつけた。

男は足を抱えて、痛さに身体を丸めながら、わめき散らし続けている。

その間に、千太郎が納屋のなかに入っていく。がさがさなにかを探している音が聞こえてきたと思ったら、

「親分、あったぞ。おそらくこれだな」

縮緬が張られた舞扇を持って、ひらひらと手を踊らせていた。

六

弥市は、春江との約束通り目隠しをして、捕縄を打った。

そのまま引っ立てて房州屋に戻ると、由布姫が見たことのない男と一緒に待っていた。男を見て、弥市はこいつは御用聞きだとすぐ気がついた。同じ匂いがするからだった。

「江戸の弥市親分さんですね」

「……あんたは?」

「へぇ、雪さんからお聞きしております。あっしは、土地の御用聞きで喜六と申しやす。お見知りおきを」

「おうそうかい。こっちこそよろしくな。縄張り違ぇなのに、よけいなことをしてしまった」

弥市は目隠しをしたまま、男を突き出す。男は、足をもつれさせて春江の前まで進みそうになった。春江は、気持ち悪そうに男から離れると、顔を隠すような仕草をした。

喜六は、春江の動きを少し追っていたようだったが、

「ありがとうございます。この野郎は、人相書が回っていまして、湊《みなと》の建造という野郎です。あちこち旅をしながらこそ泥やら胡麻の蝿を働くけちな野郎ですけどね」

「そうだったのかい。やい、てめぇはこのあたりの生まれかい」

「だったらどうなんだ」

目隠ししたまま、口だけを動かして答えた。

「早くこれを取ってくれ」

その言葉をそばで聞いていた春江は、だめだめと手を振る。弥市は、まだだめだと手刀で、建造の頭をひっぱたいた。

「くそぉ。江戸の岡っ引きは乱暴だぜ」

喜六に捕縄を渡すと、

「ありがとさんです。こいつを番屋に連れて行きますので、後はよろしくお願いいたします」

「後だって?」

まだ、後があるのかと不思議そうに弥市が訊いた。

「へぇ、それはそこの雪さんがご存知ですので、へへ。じゃ、雪さんお後をよろしくおねげぇいたします」

由布姫は、はいとうれしそうに応答した。それを見ていた千太郎と弥市は、どういうことかと目配せをし合う。

「雪さん……なんです、いまのは？　なにやら怪しい雰囲気でしたが」

「ふふ。そうなんですよ。私と喜六さんは秘密の持ち合いをしているのです」

「それは、おだやかじゃねぇなぁ」

またもや、ふふふと意味深な笑みを浮かべて
「千太郎さん、舞扇をこちらへ」

千太郎から扇を渡して貰った由布姫は、それをじっくりと見つめている。

「ありがとうございます。これで私も越後新発田に大手を振って帰ることができます」

するとすると、春江が由布姫から舞扇を返してもらおうとしたが、由布姫は弥市に向かって、

「親分、あの目隠しはどうしたんです？」

「へへ。まぁね」

弥市は春江を見て、答えてもいいのかどうか探っている。

「申し訳ありません。私がお願いしたのです。昔の私を知っているので、いまの私を見られなくないと思いまして」

「そうですか……でも、それは嘘ですね」

きっぱりと由布姫は断言した。その言葉に春江は不思議そうな顔になる。

「あのぉ……なにか誤解があるようですが？」

「誤解されるようなことがあるのですか？」

ふたりの間に険悪な様子が流れ始めた。慌てて弥市が間を取り持つ。

「まぁまぁ、雪さん。春江さんも野郎がお宝を持っていたのですから、それでいいではありませんか」

「そうはいきません」

由布姫は、一歩春江の前に出ると、

「あの目隠しはどうしてさせたのです？」

「ですからそれは」

「あなたはあの建造に自分の顔が見られたくなかったのでしょう」

「なんですって？」

「自分の顔を見られてしまうと、正体がばれる。だからあんなことを親分に頼んだのです」

「それは、どういう意味ですか？」

春江の顔が一変した。いままでのおとなしそうな表情から、目が釣り上がり口も裂けんばかりであった。

「それに、あなた本当に越後新発田の生まれですか？」

「もちろんですよ。親分さん、なにかいってください」

弥市は、春江の呼びかけに、

「なに、雪さんが誤解しているだけでしょう。それを解くにはちゃんと答えたほうがいいですよ」

そろそろ弥市も、春江がどこかおかしいと思い始めたらしい。

「親分さんまで、そんなことを……」

袖で目を隠す仕草をする。

「泣き真似をしても無駄です。あなたが越後新発田の生まれなどとは、真っ赤な嘘ですね。さきほどの喜六さんから聞きました。あなたそっくりの人相書が回ってきていると」

「なんですって？」

答えたのは、春江ではない弥市だ。

「それは本当ですかい！」

「喜六さんがそういいました」

「ははぁ……さきほどのふたりの間に流れた怪しげな雰囲気はこれのことだったんですかい」

得心したように弥市が頷く。

「春江さん。違うなら、きっぱりと違うと答えたほうがいいですぜ。でなければ、よけいな誤解が増すことになる」

弥市は、できればいまの話はまったくのでたらめだと断言して欲しいのだろう。なにか訴えるような目つきで春江を見つめている。

「親分さん、そんな悲しいことをいわないでください。私は潔白なんですから」

由布姫は、その言葉を切って、

「じゃぁ、越後新発田の町のどこで生まれてどんな人たちと遊んだのか、いえますか？　いえないでしょう。あなたはの本当の名前は、春江ではありませんね。本当は、掏摸《すり》のお初《はつ》です！」

静かなときが流れた。

お初だと由布姫につきつけられた春江がどんな答えをするか、弥市が待っている。

それまでやり取りを聞いていた千太郎は、腕を組んで成り行きを見ている。

「さぁ、どうです。答えてください」

お初と呼ばれて、どこか観念したらしい。

「ふん、そこまで尻が割れちゃったんじゃしょうがないねぇ」

「とうとう正体を表しましたね」

だけど、弥市はまだ腑に落ちない顔つきだった。

「掏摸だとぉ？　江戸じゃねぇな。江戸ならほとんどの掏摸の顔は知っているからなあ。ち、あっしも焼きが回りましたかねぇ」

と、お初がにんまりしながら、

「いえいえ、親分さんのことは聞いていましたよ。掏摸仲間じゃ、一番気をつけなければいけない江戸の親分さんだとね。まさかこんなところで顔を見るとは、思ってもいませんでした」

「……どうして俺の顔を知っているんだ」

「兇状持ちの人相書があるように、いやな岡っ引きの人相書も仲間同士で交換しているんです」

「そんなものがあるのか」

そのとき、わっははと千太郎の笑いが響いた。

「親分、あっさりと騙されたなぁ。お初とやら。あの建造とは仲間だったのか、それとも、盗人と掏摸とは犬猿の仲なのかな？　まぁ、いずれにしても建造のことは知っていたのだろう。だが、建造はお初のことは知らなかったらしい。でなければ、誕生寺で顔を会わせたときに気がついているはずだ」

「そうですねぇ」

由布姫が、続いた。

「建造が持っていた舞扇を手にしたいと思っていた。そこに江戸の腕扱き親分がやってきたから、これ幸いと自分は越後新発田の生まれなどと、でたらめ話をでっちあげて、建造から舞扇を盗み取ろうとしたのですね」

「…………」

「でも、わからないのは、どうしてそんなにこの舞扇が欲しいのでしょう？　見た限りそれほど高価なものには見えません」

すると、千太郎が扇を手にして、

「よく見たらいい」

そういって、陽の光に透かした。

由布姫と弥市が、じっと見つめていると、

「あ！　これは……」

「そうだ、透かし彫りのようになっていて、光が透き通ったところを見ると、地図になっているのだよ」

「この地図が欲しかったということですかい？」

弥市が十手で、光で作られている地図をなぞった。

「ふん、そこまでばれてしまったんじゃ本当にしょうがないねぇ」

お初は、その場にしゃがみ込んでしまった。

その格好を見てその場に、一瞬、隙が生まれた。それを見計らっていたのか、お初が、いきなり立ち上がって逃げ出した。

慌てて、弥市が追いかける。

だが、お初の逃げ足は速い。掏摸は足が速いらしい。

「待てぇ！」

呼んだところで止まるわけがないが、叫んでいると周囲から人が出てきたり、歩いている連中が逃げるのを邪魔してくれることがあるのだ。だが、街道を歩く姿はあまりいない。

いても、怖そうに逃げるだけだった。

「だらしねぇ奴らばかりだぜ」

毒づきながら、弥市は追いかけた。

すると、道端からひとりの男がひょいと立ち上がって、お初の前に立ち塞がった。

「おう！　喜六さんかい！」

「親分、まかせておくんなさい」

銀色の十手を光に当てて、目潰しをお初に向けた。

お初は、一瞬、足が止まる。

すぐさま弥市が追いついた。

「やい、てめぇ逃げようなんてふてぇことを考えていると、獄門だぞ」

「おおきなお世話だよ。騙されるあんたが馬鹿なのさ。ふん、江戸の親分さんなんていわれていい気になりやがって、ざまぁないねぇ」

「このあま……」

そばに喜六が寄って来なかったら、お初の頭をかち割っていたかもしれない。

七

空はどこまでも青空だった。

翌日の朝、誕生寺の境内に初めて入った千太郎は、ほほう、日蓮さんは偉いのぉ、などとどこまで知っているのかやたらと感心しているのだ。

そのとき、由布姫が叫んだ。

「やめてくださいよ」

その声に驚いて、先を歩いていた千太郎が振り返る。

「なにをやめろと？」

「日蓮さんになることです。石川五右衛門やら月よりの使者やら、なんやら、おかしな入れ替わりはやめてください、といったのです。周りが迷惑ですからね。だめですよ」

「念を押すものだのぉ」

「もちろんです。相手をするのが面倒だからやめてください」

「ははぁ……その顔は弥市親分も同じらしい」

声をかけられた弥市は、そのとおりといいながらも、どこか顔が浮かない。

「手柄は喜六さんに渡してもよいではないか」

「そんなことじゃありません」

古河の建造と、お初を捕縛した手柄は喜六に渡していた。江戸以外の場所で、手柄はいらねぇ、と弥市が太っ腹なところを見せたのである。もっとも、ここで手柄を上げたところで、波平さんにも影響はない。

「あぁ、お初さんの件か。まぁ、世の中にはあのような女もいるのだよ親分。あまり女には入れ込まないほうがいいという教訓であるなぁ」

にやにやしながら、千太郎は由布姫がどんな態度を取るか待った。

「そんな探りを入れてもだめですよ。私が最初からあの春江という人は信用ならない、と言い続けていましたからね。それをふたりとも騙されて。男ってのは、ちょっときれいな人を見るとすぐ鼻の下を延ばすのですねぇ」

「そんなことはない、私は最初から変だとは思っていたではないか」

千太郎が不服を申し立てる。

「そうですかねぇ?」

疑わしそうな目つきで、由布姫は千太郎を見る。弥市はそんなふたりのやり取りを悔しそうに見ている。なにかいいたそうだが、言葉が出てこないらしい。口を尖らせて、息を吐き続けているのだ。

「親分、そんな顔をしていないで、そうだ、せっかく鯛の浦の来たのだから、鯛に乗ってみようではないか」

「鯛に乗るんですか？」

「そうだ、日蓮さんは鯛に乗ってやってきたのだ」

すると、後ろから、

「千太郎さん、そんなでたらめをいっちゃ困りますねぇ」

喜六の声だった。

にこにこと笑みを浮かべて、千太郎と由布姫のそばまで寄ってくる。

「鯛に乗ってきたわけではありませんよ」

「そうですよねぇ。この方はいい加減なことばかりいうんですよ、まったく」

由布姫が本気で怒っているわけではないことは、弥市も喜六も承知している。

「伝説ですが、日蓮さんが生まれたときには鯛が寄ってきて、蓮の花が咲いたといわれています。また、日蓮さんが両親の供養のとき、お題目《だいもく》を唱えたら海にそのお題目の文字が現れたそうです。それを寄ってきた鯛が食べ尽くした、ともいわれているんです」

「まぁ、そんなことがあったんですか」

由布姫は、喜六の解説に大喜びだが、弥市は相変わらず仏頂面である。

「江戸の親分さん。なにか私が失礼なことをいたしましたか？」

「……いや、そうじゃやねぇ。あんたに嫌な思いをさせる気はねぇんだ。こっちこそすまねぇなぁ」

喜六も、お初のことで沈んでいるのだろうとは、気がついているのだが、わざわざ野暮なことは口に出さない。

「ところで喜六さん。あのふたりはどうしてますか？」

由布姫が、まだわからないことがある、と訊いた。

「建造は、誰かを待っていたのでしょうか？」

「あぁ、それは建造宛に、舞扇を高額で買おうという文が来ていたそうです。おそらくはコソ泥仲間でしょうねぇ。あの舞扇を持っていたのは、新発田の廻船問屋、花村《はなむら》屋《や》というところだそうです。けっこう儲けがあり、その金を隠そうとしてあの扇を作ったらしいですよ」

「あぁ、そういうことだったのですか」

「それをあのお初が仲間から話を仕入れて、建造から盗もうとしたらしいです」

「そうそう話はうまくいかねぇ、ってところですぜ」

弥市が、不満そうな声を出した。

そんな弥市を見ていた喜六が、元気を出してください、といいながら、

「親分、鯛の浦に行ってみませんか？　気分も変わると思いますが」

「俺は、信心とは相性が良くねぇんだ」

「信心は関係ありません。房州の海と空を楽しんでください。せっかく、ここまで遊びに来てくれたのですから」

房州屋のくじに当たったのだとはいえない。

「そうだ、そうだ。鯛を見に行こう」

千太郎の声が大きくなり、しょうがねぇなぁ、と弥市もその気になったらしい。じゃぁ、行くかと大きく延びをして、

「喜六さん、連れて行ってくれ」

「合点でさぁ」

喜六が、江戸の捕物の話など聞かせてください、と話しかけると、弥市の機嫌は一

気に治ってしまったらしい。

「千太郎さん。三日目ですからね。今日は帰らないといけませんよ」

「なに、今日で終わりか。それはいかぬ。まったく遊んでおらぬではないか。静養どころかこそ泥と掏摸の捕縛に暇を取られてしまった。そうだ、もう一泊しよう」

「でも、今日で終わりですから」

「なに、なんとかしてくれるであろう？」

千太郎の悪戯《いたずら》っ子のような顔つきに、呆れながらも、

「では、そういたしますか。もう一泊くらいならなんとかなるでしょうからね」

「そうこなくては」

手振り身振りで、江戸の話をする弥市の後ろを歩きながら、がははと笑う千太郎の前に、鳥がすうっと降りてきて、餌をついばみ始めた。

房州の海には入道雲がもくもくと天を突き始めていた。

時代小説

二見時代小説文庫

大泥棒《おおどろぼう》の女《おんな》　夜《よ》逃《に》げ若殿《わかとの》 捕物噺《とりものばなし》14

著者　聖《ひじり》 龍《りゅう》人《と》

発行所　株式会社 二見書房
東京都千代田区三崎町二-一八-一一
電話　〇三-三五一五-二三一一［営業］
　　　〇三-三五一五-二三一三［編集］
振替　〇〇一七〇-四-二六三九

印刷　株式会社 堀内印刷所
製本　ナショナル製本協同組合

落丁・乱丁本はお取り替えいたします。
定価は、カバーに表示してあります。

 ISBN978-4-576-15090-1
http://www.futami.co.jp/

夜逃げ若殿 捕物噺 夢千両すご腕始末
聖龍人［著］

御三卿ゆかりの姫との祝言を前に、江戸下屋敷から逃げ出した稲月千太郎。黒縮緬の羽織に朱鞘の大小、骨董目利きの才と剣の腕で江戸の難事件解決に挑む！

夢の手ほどき 夜逃げ若殿 捕物噺2
聖龍人［著］

稲月三万五千石の千太郎君、故あって江戸下屋敷を出奔。骨董商・片岡屋に居候して山之宿の弥市親分とともに謎解きの才と秘剣で大活躍！ 大好評シリーズ第2弾

姫さま同心 夜逃げ若殿 捕物噺3
聖龍人［著］

若殿の許婚・由布姫は邸を抜け出て悪人退治。稲月三万五千石の千太郎君との祝言までの日々を楽しむべく、江戸の町に出た由布姫が、事件に巻き込まれた！

妖《あや》かし始末 夜逃げ若殿 捕物噺4
聖龍人［著］

じゃじゃ馬姫と夜逃げ若殿、許婚どうしが身分を隠して、お互いの正体を知らぬまま奇想天外な事件の謎解きに挑む。意気投合しているうちに…好評第4弾！

姫は看板娘 夜逃げ若殿 捕物噺5
聖龍人［著］

じゃじゃ馬姫と名高い由布姫は、お忍びで江戸の町に出て会った高貴な佇まいの侍・千太郎に一目惚れ。探索に協力してなんと水茶屋の茶屋娘に！ シリーズ第5弾

贋若殿の怪 夜逃げ若殿 捕物噺6
聖龍人［著］

江戸にてお忍び中の三万五千石の千太郎君の前に現れた、その名を騙る贋者。不敵な贋者の真の狙いとは!? 許嫁の由布姫は果たして…。大人気シリーズ第6弾

花瓶の仇討ち　夜逃げ若殿 捕物噺7

聖 龍人［著］

骨董目利きの才と剣の腕で、弥市親分の捕物を助けて江戸の難事件を解決している千太郎。許嫁の由布姫も事件の謎解きに、健気に大胆に協力する！シリーズ第7弾

お化け指南　夜逃げ若殿 捕物噺8

聖 龍人［著］

三万五千石の夜逃げ若殿、骨董目利きの才と剣の腕で江戸の難事件に挑むものの今度ばかりは勝手が違う！謎解きの鍵は茶屋娘の胸に!? 大人気シリーズ第8弾！

笑う永代橋　夜逃げ若殿 捕物噺9

聖 龍人［著］

田安家ゆかりの由布姫が、なんと十手を預けられた！江戸下屋敷から逃げ出した三万五千石の夜逃げ若殿と摩訶不思議な事件を追う！大人気シリーズ第9弾！

悪魔の囁き　夜逃げ若殿 捕物噺10

聖 龍人［著］

事件を起こす咎人《とがびと》は悪人ばかりとは限らない。夜逃げ若殿千太郎君《ぎみ》は由布姫と難事件の謎解きの日々だが、ここにきて事件の陰で戦《おのの》く咎人の悩みを知って……。

牝《め》狐《ぎつね》の夏　夜逃げ若殿 捕物噺11

聖 龍人［著］

大店の蔵に男が立てこもり奇怪な事件が起こった！一見単純そうな事件の底に、一筋縄では解けぬ謎が潜む。千太郎君と由布姫、弥市親分は絡まる糸に天《てん》手《て》古《こ》舞《まい》！

提《ちょう》灯《ちん》殺人事件　夜逃げ若殿 捕物噺12

聖 龍人［著］

提灯が一人歩きする夜、男が殺され埋葬された。その墓が暴かれて……。江戸じゅうを騒がせている奇想天外な事件の謎を解く！大人気シリーズ、第12弾！

華厳の刃 夜逃げ若殿 捕物噺13
聖龍人［著］

夜逃げ若殿に、父・稲月藩主から日光東照宮探索の密命が届いた。その道中で奇妙な男を助けた若殿たち。これが日光奉行所と宇都宮藩が絡む怪事件の幕開けだった！

人生の一椀 小料理のどか屋 人情帖1
倉阪鬼一郎［著］

もう武士に未練はない。一介の料理人として生きる。一椀、一膳が人のさだめを変えることもある。剣を包丁に持ち替えた市井の料理人の心意気、新シリーズ！

倖せの一膳 小料理のどか屋 人情帖2
倉阪鬼一郎［著］

元は武家だが、わけあって刀を捨て、包丁に持ち替えた時吉の「のどか屋」に持ちこまれた難題とは…。心をほっこり暖める時吉とおちよの小料理。感動の第2弾

結び豆腐 小料理のどか屋 人情帖3
倉阪鬼一郎［著］

天下一品の味を誇る長屋の豆腐屋の主が病で倒れた。このままでは店は潰れる…。のどか屋の時吉と常連客は起死回生の策で立ち上がる。表題作の他に三編を収録

手毬寿司 小料理のどか屋 人情帖4
倉阪鬼一郎［著］

江戸の町に強風が吹き荒れるなか上がった火の手。店を失った時吉とおちよは無料炊き出し屋台を引いて復興への一歩を踏み出した。苦しいときこそ人の情が心にしみる！

雪花菜飯《きらずめし》 小料理のどか屋 人情帖5
倉阪鬼一郎［著］

大火の後、神田岩本町に新たな小料理の店を開くことができた時吉とおちよ。だが同じ町内にけれん料理の黄金屋金多が店開きし、意趣返しに「のどか屋」を潰しにかかり…

二見時代小説文庫

面影汁 小料理のどか屋 人情帖6
倉阪鬼一郎［著］

江戸城の将軍家斉から出張料理の依頼！ 隠密・安東満三郎の案内で時吉は江戸城へ。家斉公には喜ばれたものの、知ってはならぬ秘密の会話を耳にしてしまった故に…

命のたれ 小料理のどか屋 人情帖7
倉阪鬼一郎［著］

とうてい信じられない世にも不思議な異変が起きてしまった！ 思わず胸があつくなる！ 時を超えて伝えられる命のたれの秘密とは？ 感動の人気シリーズ第7弾

夢のれん 小料理のどか屋 人情帖8
倉阪鬼一郎［著］

大火で両親と店を失った若者が時吉の弟子に。皆の暖かい励ましで「初心の屋台」で街に出たが、謎の事件に巻きこまれた！ 団子と包玉子を求める剣呑な侍の正体は？

味の船 小料理のどか屋 人情帖9
倉阪鬼一郎［著］

もと侍の料理人時吉のもとに同郷の藩士が顔を見せて、相談事があるという。遠い国許で闘病中の藩主に、もう一度、江戸の料理を食していただきたいというのだが。

希望粥《のぞみ》 小料理のどか屋 人情帖10
倉阪鬼一郎［著］

神田多町の大火で焼け出された人々に、時吉とおちよの救け屋台が温かい椀を出していた。折しも江戸では男児ばかりが行方不明になるという奇妙な事件が連続しており…。

心あかり 小料理のどか屋 人情帖11
倉阪鬼一郎［著］

「のどか屋」に、凄腕の料理人が舞い込んだ。二十年前に修行の旅に出たが、残してきた愛娘と恋女房への想いは深まるばかり。今さら会えぬと強がりを言っていたのだが…。